踏雪

蔡家玥—— 著

海峡出版发行集团 | 海峡文艺出版社

图书在版编目(CIP)数据

踏雪/蔡家玥著. 一福州:海峡文艺出版社,2025.3
ISBN 978-7-5550-3975-4

Ⅰ.Ⅰ267

中国国家版本馆 CIP 数据核字第 202560K4P3 号

踏雪

蔡家玥 著

出 版 人	林 滨
责任编辑	何 莉
出版发行	海峡文艺出版社
社 址	福州市东水路 76 号 14 层
发 行 部	0591－87536797
印 刷	福州德安彩色印刷有限公司
厂 址	福州市金山工业区浦上标准厂房 B 区 42 幢
开 本	787 毫米×1092 毫米 1/32
字 数	192 千字
印 张	7.5
版 次	2025 年 3 月第 1 版
印 次	2025 年 3 月第 1 次印刷
书 号	ISBN 978-7-5550-3975-4
定 价	56.00 元

如发现印装质量问题,请寄承印厂调换

真诚地生活与写作

学期末一个周日的晚上，我在教室里补完作业，独自走回宿舍，想着不知第几次因课业繁忙或其他琐事而中断的周末随笔。接近十点十分，不少教室熄了灯，校道上的人寥寥无几，比往常更显空旷。一旁的路灯将几片红叶的脉络映照得分外清晰，我停下脚步，颇为惊叹。校园里的树大多是常绿的，这棵却是落叶树。灰白色的枝干瘦细、苍劲，树皮微微剥落，像一幅用笔利落的速写。几片红彤彤、黄澄澄的叶子于白炽灯下颤巍巍地晃动，在黯淡的夜色中更显明丽。我忽然被提醒，入冬了，这一学年已经走了近一半。这个在焦灼的学习生活和消颓的假期生活之间来回切换的学期就要结束，生活在弹簧紧绷与松弛的两端的我，已经很久没有认真地写一次随笔了。

回宿舍洗完头发，在柜子里翻找电吹风时，我瞥见角落里有一个暗红色的盒子，缝隙里还夹着黄色海绵。打开一看，是九年级时在"亦乐之星"颁奖典礼上领回来的奖杯。

记忆的闸门忽然打开。

想起第一次得知自己的文章即将发表的那个下午。九月的阳光消融在卧室的米色墙壁上，街角那户人家的女儿又开始练琴，乐声霎时涌入逼仄的小巷，穿过稀疏零落的电线，跳过石板路上黄豆大小的凹槽，一路挟起犬吠、猪油"滋滋"的响声和婴儿的啼哭声，塞进乐曲的间隙。刹那间，嘈杂的巷子充满了纯净与美的内容，一如乱石堆内忽然绽出鲜花，一如当时我突如其来的欢欣。

想起"亦乐之星"获奖名单公示的那个下午。我留在教室里，写着英语作业。忽然，几位同学爆发出一阵欢呼。其中一个红着脸冲下讲台，大声喊来班里一个参与博学之星评选的同学。不难猜想，评选结果公示在了官网上。喜悦一圈圈漾开来，他们揽着他的肩膀，祝贺着，神采飞扬。一群人又围上讲台，热烈地讨论着其他奖项的获奖情况，为落选的同学打抱不平。我默默旁观了一会，打消了去中控看公告的打算，低头继续写作业。直到他们叫嚷着吃砂锅庆祝，相互推搡着走远了，快乐而响亮的笑声一路飘过连廊。教室一点点沉寂下来，像煮沸过的水慢慢冷却。我走上讲台，抱着微弱的希冀，点开《厦大附中第六届"亦乐之星"评选结果公示》，看见"文创之星"一栏自己名字后代表"入选"的圆圈。

记忆中的这个午后与七年级时那个九月的下午开始重叠。温润明朗的秋冬阳光穿过流转的岁月，再次一层层叠加到我身上，金色的温暖在十二月微冷的空气中漾开。走出教室，广播站的钢琴前奏响起。风从红毛草原野上奔涌而来，高处叶子的影子吻着低处的叶子，光影摇曳，一半明亮，一半晦暗。

　　九年级时的"亦乐之星"颁奖典礼上，我和学姐一起接受主持人的采访。"你的写作态度是什么？你觉得写作过程中什么比较重要？"那时的我坦荡地说："真诚地思索、真诚地写作、真诚地生活。写作让我得以用诚恳、开放的态度体验自身的情感。我希望通过成为自己每个当下的喜悦、愤怒或悲伤，成为我的真实存在，进而让世界变成可以满足我主观性的场所。而在写作的过程中，我觉得自己受到的触动很重要。记得余华在谈及伟大作品对他的影响时说：'我对那些伟大作品的每一次阅读，都会被它们带走。我就像是一个胆怯的孩子，小心翼翼地抓住它们的衣角，模仿着它们的步伐，在时间的长河里缓缓走去，那是温暖和百感交集的旅程。它们将我带走，然后又让我独自一人回去。当我回来之后，才知道它们已经永远和我在一起了。'我想，任何触动我的事物，窗台上亲手种的玫瑰花，旅途中的山峦与原野，除夕夜与母亲在屋顶看的烟花，附中校园里偶遇的发芽的绿黄葛树，它们都在一定程度上塑造了我，成了我的一部分，永远和我在一起。我希望能用文字把它们记录下来，用文字向幽暗深处的自己伸出手去，用文字保留我对这个世界细腻而稚嫩的感知。"

　　想起九年级时周末留校，同样也有课业要完成。但那时的我，会留出完整的周日早上和下午，耐心地整理自己的思绪，阅读有关的书籍，认真地记录对自由、秩序、美与自我稚嫩的思考。为了完成一篇几千字的随笔，我常常在自习结束后留在教室，直到周末本就安静的教学楼彻底沉寂，校外街道上偶尔传出的两三声狗吠在静夜里清晰可闻。有时留校的同学在写竞赛题，有时他们在做卷子，有时他们在教室里放电影，欢快的笑声一直传到五楼的自习室。我趴在走廊的栏杆上悄悄看他们，越过树顶硕大的火红的花朵和密密交错着的枝丫，看银幕的微光落在他们微微仰起的脸上，带着几分羡慕，几分迷惘，回到书桌前继续写下去。

想起八年级一个夏天的夜晚，在一楼的留校生集中宿舍里读完卡波特的《世界开始的地方》，我提着台灯，蹑手蹑脚地回原宿舍洗漱，想着躺在日本山茶花树下的贝尔小姐，和她隐秘的祈望与遗憾。走出楼梯口，路过一个走廊的尽头，晚风从操场上吹来，我停下脚步，注意到这地方用栏杆围着，像极了一方小小的眺望台。向外张望，能看见操场和校园外冷落的街道。我沉浸在卡波特的故事里，思绪纷繁，一时没了睡意，便趴在栏杆上吹风。我看见云在空中漫游，轻轻地覆住了月亮，看见淡淡的月光透过云层，洒向大地，像是升腾起一片薄薄的银雾，看见有那样一个瞬间，月亮正好居于鱼鳞般的云隙中……我用文字把那个静夜写进了随笔，尽管稚嫩，可三年后再读，依然会想起那晚恬静的月光和卡波特的故事给我的感觉。

想起九年级一个春日的午后，在校园里遇见正在发芽的绿黄葛树，放学后一次又一次地去篮球场旁看，满怀欢喜地把它们画下来、写下来……

随着时间的推移，我也上了高中。周六开始补课，假期较初中更为紧张。我习惯先写课外习题，完成课内作业的时间便一再推后，随笔更是没写几篇。

我记得第一次月考结束后的那个晚自习，班里颇有些骚动。我摊开一本数学习题册，却无心解题。心猿意马中想起一直想写却因复习而一字未动的随笔，便翻出积压在辅导书下的稿纸，压在习题册上写起来。纷乱而疲乏的思绪渐渐平静下来，就像一块陈皮泡进了水里。

不知什么时候，教室霎时安静下来，细碎的谈话、杂乱的脚步声戛然而止。抬头一看，巡查的老师站在门口。我的余光瞥见几个俯首的身影，一如既往，在草稿纸上有条不紊地演算。从与数理化生竞赛有关的书籍，到物理选修的必刷题和五三，不一而足。白炽灯的光刺得眼睛微微发痛，迟疑了片刻，我还是将稿纸折好，塞进一旁书袋的缝隙。

那几张稿纸在临近期末清理书袋时被我丢进了废纸篓。不知是第几次，我任凭越来越多的想法在脑海里堆积，而不再用笔把它们留在纸上。它们或被搁置于内心僻静幽深的角落，一点点地腐烂，或像寒夜的天幕中兀自绽放的烟花，转瞬即逝，只余几缕青烟萦绕在群山之上。我在备考的焦虑和考后的消颓中度过一天又一天，灵感萌发时的兴奋短暂地刺激着我日益晦暗的精神，不久又被日复一日的琐事蚕食。

转眼就到了高二下学期的期末，那时我已经很久没有写新的随笔了。当老师找到我，问我要不要出版一本文集时，我的回答总是模棱两可的"我没想好"。我深知自己为数不多的浅薄的议论和稚嫩的记叙不足以撑起一本文集，却又不忍心放弃出书这个迷人的想法。就在我摇摆不定时，老师们真诚的鼓励让我下定了决心。

决定出书的那天是2024年6月25日，交稿的时间是8月1日。除去考试周，大约有一个月的时间。在6月25日到7

月1日的一周内，我用除上课、睡觉、吃饭、写作业之外的一切时间写作。我在喧闹的课间写，在安静的自习课写，在等砂锅的时候写，在几场学考的间隙写，在傍晚无人的教室里写，在清晨雨中的走廊上写……《无力抗争而不甘沉沦——读〈兰亭集序〉》《本我，自我，超我——读〈苏武传〉》《仿佛永远分离，却又终身相依——读〈江城子〉》《在扎实的生活中寻找意义》都在这段时间草草写就。对我来说，那是美妙而扎实的一周，是独属于我的写作周。略有遗憾的是，对我来说，这亦是短暂而不可多得的一周，这样明确的热情来得太晚。我深知自己没有足够的勇气、决心和能力将每一周都变成写作周。最懊悔的是高二上的一个周末，我曾构思过一篇关于"消极其表，积极其里"这一中国古代士人文人共有心境的文章，写了约四分之一后，便因晚自习的两次小测和一些尚未完成的作业而搁笔。此后几次想继续写时，都因受一些琐事牵绊而未能如愿，等到高二下学期我下定决心续写时，当初记录思路的草稿却无论怎么翻箱倒柜也找不到了。此后我又翻找了几次，依旧无果，便只好放弃。高老师曾说，写作是为了留住思想的微光。我想，或许正是我的延宕和退缩让往日思想的微光消散了吧。那篇未能完成的随笔，提醒我珍视每个细微的念头，每个转瞬即逝的灵感。我会带着这份缺憾和对未来真挚的祈望，更加坚定地写下去。

文集中收录了我从七年级到高二写的随笔。这五年是很幸福的五年，附中"校园写作，润泽生命"的办学特色，"做幸福的平凡人""让教育更加尊重生命"的教育主张，版画课、辩论赛、周末电影、阅读沙龙、广场钢琴音乐会等带来的润泽心灵的无用之大用以及出现在我生命中的每个温暖可爱的人儿，让这五年饱满而绚烂。

在这五年中，刚开始，我时常为自己思想的稚嫩感到羞愧。但慢慢地，我开始相信，或许世上没有绝对的真理，任何对生命的认识都只是看法，看法可能获得认同，但共识绝不等同于真理。我只需在自己的内心敞开时，通过写作真诚地体验、表达自我。它们未必是准确的，但它们也有存在的意义。当我的生活在内心的不断崩溃与重建中继续，它们总让我记起自己某刻心扉的突然洞开，让我心中的不安与忧郁如恍遇阳光的积雪，缓慢地消融，渗出一种更为明亮坚定的力量。

就像老师们告诉我的，这本文集是对我写作之旅的真实记录，它不可能也没必要完美。我曾是个自卑的理想主义者。有时，如果我无法使在一件事上取得令我满意的成果，我会选择不去做。但在编写文集的过程中，我开始懂得，一件事并非做到完美才有非凡的意义。这本文集完成得很仓促。交稿之日，还有许多想写的没来得及写，有许多构思因无从落笔被扔进废纸篓，有许多想修改的地方来不及斟酌……它稚嫩无比，但即使它有一千零一种不足，我依然爱它，珍视它，因为它是我的文集。

文集的名字叫《踏雪》。我相信所有触动我的事物，都会在我内心的雪地上留下痕迹。而这些文字就像雪地上一排向远方不断延伸的脚印，为我留住十几岁时稍纵即逝的思想的微光，在岁月的流转中，慢慢演变成我生命的足迹。在生活的风尘里，我真挚地祈望，愿我的知觉不生硬痂，愿我的心永不冰封，始终如雪般纯净，柔软，敏锐，愿我始终拥有对万物的好奇，对生活的有情，对人与事的关怀和源源不断的触动与思索。

对我而言，写作是用内心所有的丰富性来体验自己与世界，真诚地思索，真诚地生活。当我急于达成某个目标，而将当下视为通往未来的途径时，写作提醒我生活本身的意义，那些心扉突然洞开的时刻对我的意义。诗歌、小说和思想随笔，电影、戏剧和音乐，走廊尽头的月光，春天里发芽的绿黄葛树，它们紧紧抓住我，将我从纷乱的现实琐事中抽离，剥去心中繁杂的念头，抛开不在眼前的事物，全心全意地沉浸于真实、完整而饱满的此刻，平静、清晰、不受打扰地感知当下。当我真诚地书写它们，我用文字在逼仄的生活中建起了属于自己的空中楼阁。我得以成为一个精神明亮的人，始终有歌可唱。

2024年7月

目 录

发芽的心情

发
芽
的
心
情

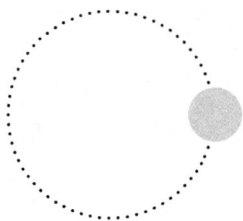

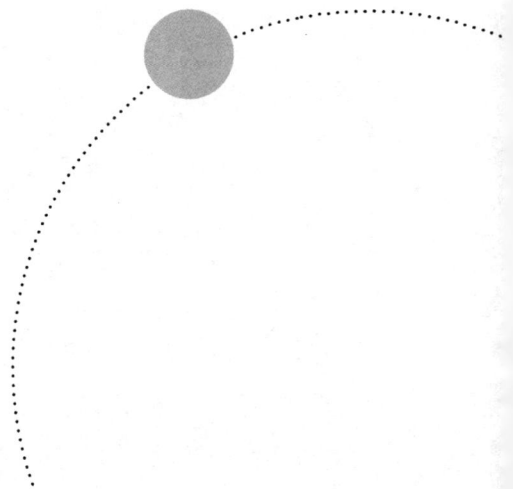

别在乎那张网

父母相继奔赴抗"疫"一线又相继被隔离，我的日子则在吃饭、睡觉和自习、发呆中往复，没有社交，单调而平静，直到我开始在书房的窗台上种花。

我想我找到了可以区分今日与昨日的事物。我看见玫瑰长出红褐色嫩叶，看见花苞上缀满细碎的雨滴。香槟色玫瑰的花瓣层层叠叠，外层的瓣缘向内蜷曲，厚实如写满古老故事的牛皮纸，被时间翻阅得页边已经翘起。白玫瑰的花瓣似新纺的布匹，透出温和的气味。还有一株茉莉，尚未绽开的骨朵被高高举起，花蕊淡绿，花瓣素净。若到时节，该是一簇一簇开的。和暖的阳光穿过房屋的罅隙，被它亲吻过的叶子，泛起粼粼的水波。

茉莉开了又落了，夏天也快溜走了。我站在窗前，听清风捎来树的低语，任蝉鸣和阳光从我的指间流走，留下夏夜寂静的繁星。窗外光影变迁，叙述着日复一日的奇迹，我却只消拉上窗帘，便足以与世界失联。我看见外面的世界，却无法触摸。只能在一次次眺望后转过身去，自习或发呆，时而迷惘时而平静，内心不断崩溃又不断重建。

午后，拉上窗帘。在昏暗的书房里，我打开台灯。光在被照得苍白的墙壁上攀爬、蔓延、没入周遭的黯淡。摊开书，落笔时的"沙沙"声如春蚕咀嚼桑叶，咀嚼着一室凝固的寂静。眼前的题目熟悉而陌生，我找不到思路，愈发烦闷。

忽然听见窗外传来清脆的鸣声，抬头，我望见窗帘上映出几抹剪影——细巧的小嘴、平整宽阔的尾羽、身影修长，应是琴巷里母亲最爱的那几只画眉。那些清晨，琴巷还弥漫着乳白色的轻雾，在厨房淘米的母亲时常听见它们热烈亲切的啁啾。此刻，如皮影戏的观众般，我煞有介事地观望着，看它们在窗前踱步，犹如行于童话之间。悄悄把窗帘拉开一道缝，几只小家伙却匆忙飞走了，索性一把拉开帘子，午后灿烂的阳光刺入我的眼睛，霎时点亮了整间屋子。我没有用手去挡，任光线把我的眼睛刺得生疼。

空气里温热的气息开始回旋，阳光一层一层叠加到我身上，苏醒了许多温暖的回忆。想起一个月前，母亲离家奔赴一线那天，一只脚跨出了大门，却又回头，笑着说："在书房自习时别总关门关窗，拉开窗帘，屋外的阳光才能找到入口。"我想着想着，嘴角不禁上扬，随即，一股酸楚攀上鼻头。

走到窗前，玫瑰在暑气里挣扎着开放，茉莉仍是那般静默，任风轻轻摇它的叶子。这是它今夏第三次绽放，只低低地开出零星几朵小花。花瓣皱巴巴的，卷曲起来便缩小了一圈；微微晕着黄褐色，早已不复从前的晶莹。让人想起将停的雪，又轻又薄，最易消融。逆光远望，忽见一片叶子被剔除了近半的叶肉。阳光下叶脉清晰透明，像哥特式教堂的玫瑰花窗。定睛细看，一面面轻薄的网在空中摇晃着。细丝从叶子上延伸向茎，缠满那一小片天地。丝上粘着许多青绿色的小虫卵——竟是闹了虫害。我愧疚不已——终日拉上窗帘，把自己困在书房，以致忽略了茉莉的病情。零星几朵花下，淡绿纤细的花茎早已被虫网紧紧缚住，一圈又一圈的细丝在上面缠绕，以各个角度交叉。花瓣软绵绵地耷拉下来，再无紧紧围绕花蕊的力量，唯淡淡花香如旧。"情味于人最浓处，梦回犹觉鬓边香"，茉莉花的香气清澈如夏日林中的山泉，随迎面而来的清风淌入我的心田。那一刻，我为之深深动容。想起北岛的短诗《生活》，仅一字——"网"。生活是一张注定无法逃离的网，而我们总被困住。茉莉却自有清净的气度，有得以挣脱束缚的洒脱。

阳光，落在我微微仰起的脸上。那般明亮，四处都有流动的光芒。细瘦的叶片把狂歌与低吟都埋进心底，只是沉默，小心地呼吸着。而网眼里开出的花，对我低语："别在乎那张网。"

清风与暖阳总能穿过网的缝隙，流淌在夏日里。走出去吧，站在阳光下，带着一脸的自信与淡然。无视网的存在，便能处于生命的自由之中。

呼　唤

　　曾外祖母一个人住在乡下的老屋，由八个儿女轮流照顾。

　　听父亲说，我小时候，曾外祖母还能拄着拐杖，从老屋小心翼翼地挪到村口小卖部，一边和几个老太太闲聊，一边张望着进村的公路，等待我们出现。

　　小时候的经历大多记不清了，唯有一个场景让我印象深刻。曾外祖母招着手，大声唤我的小名："妞妞——"然后把手伸进口袋，掏出几颗糖果，悄悄按到我的手心，压低声音说："不要告诉你爸爸妈妈。"花花绿绿的玻璃纸裹着酸酸甜甜的糖果，剥起来发出脆脆的声响，让我对曾外祖母的呼唤充满了期待。

　　后来，曾外祖母步履渐蹒跚，驼着背，在岁月的重压下一点一点地变矮。她拄着拐杖，站在我身旁，竟还比我矮一个头。

　　她已经没有力气走到村口了，便坐在门口的石阶上，靠着墙，朝巷口张望。"妞妞——"曾外祖母的声音有些沙哑，干瘪的嘴唇无力地咧开。她艰难地起身，伸出手摸我的头，拍拍我的肩膀，又后退几步，仔细地打量着我，笑着比画："妞妞长高了，比我高这么多——"不知为何，我不像小时候那样喜欢这个小名了。曾外祖母的呼唤让十多岁的我有些难堪。

我扶着她，走过老屋庭院长满青苔的石板。她低着头，迈着小脚，步履细碎。

"坐，坐。"她打开屋里一盏昏黄的灯，然后从碗橱里捧出一碟糖果，"妞妞，吃不吃糖啊？"

"不了。"我摆摆手。花花绿绿的糖果对我失去了往日的吸引力。

曾外祖母又说："我给你们做饭去。"她艰难地起身，一小步接一小步地往厨房走。

"不用不用，我们刚吃完饭。"大家连忙把她扶回座位。爸爸妈妈开始扯些家长里短，她认真地听着，两只布满老茧的手放在膝盖上，像在学堂里上课的学生。

临走时，她站在老屋的木板门旁，目送我们远去。我跨出门槛，踏上小巷里坑坑洼洼的石板路，听见她在背后喊："妞妞，放假时要回来——"我心不在焉地应着，没有回头。曾外祖母的呼唤被我抛在身后，与那扇老旧的木板门、庭院角落里无人打理的花草一起，在时光中老去，渐渐失去所有人的注视。

曾外祖母得了老年痴呆症。

"这是妞妞，还记得吗？"爸爸笑着问她。

她有些茫然地看着我，望了许久，浑浊的双眼开始闪烁出喜悦的光芒："妞妞回来了啊——"我听见，她别过脸，轻轻叹了口气："长高了，要不认得了。"

大家搬来塑料椅，围着她坐下。她一如既往地说："我去给你们做饭。"

"不用了，我们刚吃完。"大家不约而同地说。

她点点头，没过几分钟，却又像想起了什么："还没吃晚饭吧，我去给你们煮。"

她开始把一个问题反复问了许多遍。而我开始希望时光倒回从前，她能坐在门口的石阶上，大声呼唤我的小名；她张望着进村的公路，在来往的车辆中辨出我们的那一辆。可我能做的只有耐心地回答她重复的问题。看她一点点老去，一点点地忘记，却无可奈何。

上次回去时，她坐在邻居家的沙发上，蜷缩着身子，望着电视机里热闹的人群，目光呆滞。邻居说她一整天都没说过话。

"老外婆，老外婆，老外婆——"她已听不到我的呼唤。

"老外婆，我回来了。"我凑到她的耳边。

她艰难地转身。

"还记得我是谁吗？"

她看着我，过了好会儿，才缓缓说道："妞——妞——"

那一刻，我感动又心酸。

时光带走了许多，留下曾外祖母越来越少的言语和越来越微弱的心跳。她无法表达，但那声不曾改变的呼唤告诉我，她想记住，想拥抱，想爱。

走不出你的世界

在附中，一草一木都有自己的世界。

窗外

七年级时，我们的教室在一楼。教室的窗外，藏着一个安静而明亮的世界。

仍记得那个闷热的夏天，聒噪的蝉鸣和风扇"吱吱"转动的声响。我趴在座位上写题，手臂上的汗印在桌面上，留下湿漉漉的痕迹。找不到破题点，我有些烦躁。将目光从习题册上收回，我邂逅了那个藏在窗外的世界。

窗外，有一棵鸡蛋花树，静静地站在时光里。五片花瓣层层叠叠，从花心深处的橘黄，到活泼灵动的嫩黄，淡雅的浅黄，再到温柔的纯白，花瓣里，有春日的第一抹暖阳，有冬日的第一片雪花，温婉而明亮。花香并不浓郁，像树林深处的鸟鸣，若有若无，与匆匆路过的人捉迷藏。

鸡蛋花树的叶子往里凹，盛满了盛夏的阳光。我伸手去触碰，叶子有些粗糙，厚实而沉稳，像母亲温暖的手掌。叶子上清晰的脉络，刻着它对世界的低语。有一次，我不小心折下了一片树叶，叶子渗出珍珠般纯白的乳汁，像是鸡蛋花树的眼泪。树和人一样，也有自己的伤痛。

窗外，有一片草地，享受着鸡蛋花树下的凉爽。草散漫地长着，在午后慵懒地晒着太阳。起风时，草惬意地后仰，我仿佛听见它们在欢快地轻声交谈。没有人修剪它们，它们不紧不慢，按自己的节奏生长，长成独一无二的模样。它们从不寂寞。草地上，缀满了落花。鸡蛋花乘着风落下，带着最初的优雅与从容。花瓣的边缘慢慢染上深褐，更添一份高贵。草地上，铺着落叶连成的地毯。踩上去，发出细微而金黄的响声。太阳调皮地穿过叶隙，在地上投下明亮的光斑。

窗外，有两株长春花。长春花身上有永恒的春天。从初春到隆冬，她始终保持怒放的姿态。她没有梅花"凌寒独自开"的傲骨，没有荷花"出淤泥而不染"的高雅，她更像一个安静的女孩，普普通通，带着一股倔强。她随处可见，宿舍楼前，食堂门口，操场旁边，她们欢笑着，成簇成簇地绽放。但窗外的两株不一样。她们在鸡蛋花树的右边盛放，隔着一条水渠，伫立在教学楼的墙缝里，没有任何一株野草给她们做伴。她们的花瓣如丝绸般细腻轻柔，上面偶尔会有小白点，或许是营养不良所致。在正午阳光的炙烤下，长春花蔫蔫地垂着头，唯有花瓣上一抹恰似晚霞的粉红，越发明亮，在风里唱着希望之歌。从一朵花里，就能看到美，看到不屈的意志。

窗外，偶尔会有访客，偶尔会有一只羽毛黑白相间的鸟儿缓缓飞来。它穿着黑色西装，系着白色领带，优雅地降落在树枝上，跟草木叙叙旧，给树唱一支明亮的歌。偶尔，会有一只蜜蜂慢悠悠地来访，它并不急着采蜜，而是悠闲地四处转转，跟每一株草、每一朵花打个招呼。有时，它落到鸡蛋花的花苞上，催促她们抓住夏天的尾巴绽放。偶尔，会有两三个同学坐在草地上，写下关于鸡蛋花的文字。风吹过，我听见树在"沙沙"地欢笑，笑声里有抑制不住的欢喜。

窗外的世界，更像一个秘密的后花园，少有人踏足。鸡蛋花树独自站在时光里，与周围的草木有一种无言的默契。鸡蛋花安静地绽放，从容地落下，在树下的人群散去后，在鸟儿振翅飞走后。驻足窗前，我想起林清玄的一段文字："花开是一种有情，是一种内在生命的完成，这是多么亲切呀！使我想起，我们也应该蓄积、饱满、开放、永远追求自我的完成。"花开，是因为她想开，是为了完成一株花的庄严使命，是为了成为自己的春天。花开，不为任何一双欣赏的眼，不为任何一个春和夏。

八上开学，我回到刚刚经历过台风的附中。校园里的许多树木经受了台风的摧残，被剪去枝丫，只留下光秃秃的主干。鸡蛋花树也不例外。教室从一楼换到了三楼，窗外的风景变为一角天空与规整的商品房。我失去了往年时常向外眺望的那扇窗，亦丢失了打开窗外那个秘密花园的钥匙。

直到八下的一节美术课。林老师让我们在校园写生。我不禁想起七年级时的那棵鸡蛋花树。沿着小水渠，贴着教学楼的墙壁，穿过灌木丛，我的双脚又一次踏在了窗外的那片草地上。已是初春，阳光一层层叠加到我身上，空气里也有了春天温暖的内容。脚下的草地上早已不见落下的鸡蛋花，枯草中夹杂着几簇从深深的土地中涌冒出的青草，一旁的水渠残存着几片枯黄的落叶。但令我惊喜的是，鸡蛋花树右边的一块草地上，竟摇曳着一片红毛草。与凤凰花一样热情的火红，头因经不住毛穗的重量而有些低垂。

抬头，我望见了鸡蛋花树。树上没有那盛满阳光的叶子，也不见温婉明亮的鸡蛋花，只有粗壮的主干仍用尽全身力量朝天空伸展，昭示着内心的倔强。我想起树在叶子被折断时流下的纯白的汁液。我不知道这棵在台风中失去了满树繁叶的鸡蛋花树，是否也曾在心底，默默流下滴滴珍珠般的泪水。主干约有五个分枝，每个分枝的梢头都有几片嫩绿的新叶。叶子如婴儿的皮肤般娇嫩，涂抹着春天里最新鲜的绿色，在春风中于梢头轻轻颤动，有几分弱不禁风的样子。叶子上写满了春天的明亮与希望。我站在暖阳下，静静地望着那棵吐芽的鸡蛋花树，似乎感受到了春天的触摸。七年级的学弟学妹应该在上音乐课。舒缓的钢琴曲从教室流淌向窗外的空地，温柔地包围了我。我想起林清玄的一段话，嘴角不由上扬："有时候我们面临冬天的肃杀，却还要被剪去枝丫，甚至流下了心里的汁液。那些懦弱的人，就不能等到春天，只有永远保持春天的心情等待发芽的人，才能勇敢地过冬，才能在流血之后满树繁叶，然后结出比剪枝以前更好的果实。"鸡蛋花树也是这样一棵永远没有失去发芽的心情的树。相信在未来的某一个夏天，当我再次从窗口向外眺望，我将望见她满树繁叶，开出更加明亮温婉的花。

路上

学校里有三条路，草木都很繁茂。

一条是雨后亦乐山上的小径。几场雨下过，石阶上的落叶又厚了好几层，不少是刚被雨打下来的。两旁的树木喝饱了水，一个劲地抽条，枝干旁逸斜出，直直地伸到小径上，要跟你打照面。路旁和阶缝里的野草疯长，挠得小腿痒痒的。而最令我惊叹的是雨后的白蘑菇，足足一个巴掌大。

另一条在斜坡上，夹在初中部教学楼和艺术馆中间。大概是因为初中部教学楼挡了北部的阳光，又只有靠近教学楼的那侧种了树，于是这一排树便齐刷刷地、肆无忌惮地朝南长。枝叶越过路的上空，一直弯到另一侧去，形成一道又一道拱门。走在这条路上，从来不用打伞。

还有一条"路"是初中部的走廊，其实也是个适合散步的地方。初中部的天井有种树，到三四层走廊上看，树与树的枝丫密密匝匝地挤在一起。其中有一种树，树顶开红花，花朵硕大，呈杯状，火一样热烈的鲜红。还有一种树，应该是松树，墨绿色的叶子像针一样，又细又尖，密密麻麻地嵌成一排又一排。这树上有松鼠，我碰见过两次。一次是从天井路过，看到树干上窜过一团黑影，便走近去看。那松鼠胆子挺大，见了人一点也不慌，顿了身，侧着头，用两只乌漆麻黑的绿豆小眼瞅着我，不像亦乐山山脚那一带的松鼠，一瞥见人影便蹿得没影了。毕竟是能从亦乐山流窜到初中部的松鼠，又在"闹市"里待了这么久，没点胆魄是不行的。那松鼠瞅了一会，大概是忽然觉得这么对视有点不安全，小腿一蹬，往上蹿了几步，又停下来，"居高临下"地瞅着我看。又瞅了一会，觉得高中生也没啥新奇的，和初中生一样，都是一个鼻子两只眼，就蹿走了。一次是会考期间搬到没作考场的初中部，在三楼早读，我又看见它在树干上漫步，灵巧自如地从树干滑溜到树梢，时不时停下来抖抖尾巴，或者用腿蹭蹭身子。树干弯折处有用短树枝堆成的小窝，不知是松鼠搭的，还是小鸟搭的，反正松鼠经常溜达过去，把头探进去啄啊啄，大概是里面有好吃的。

　　初中部的走廊曲曲折折的，楼梯旁、走廊凹进去的地方被留出来种花草。那里有一艘小船那么宽大的芭蕉叶，一种开梅红色小花的树，还有灌木丛。灌木丛开粉红的日日春和一种淡紫的小花，形状像喇叭，白色的花蕊，花瓣薄薄的、皱皱的。最美是下太阳雨的时候，雨水从梅红花树顶上的叶子滴到下面的叶子上，汇聚了那叶上凝着的雨露，再从叶尖淌出，滴到更下面的叶子上。如此循环往复，在某一个时刻，如果角度合宜，你会看见淌下来的雨滴摔到下面的叶子上，在阳光下喷溅成数个亮晶晶的小碎片。这太阳雨落到松树上，松树的叶子也被洗得亮晶晶的，旁边树顶的大红花也在雨中愈发明艳起来。再抬头看，太阳周围的云团被镶了一圈金边，煞是好看。

　　瀑布旁的鹅卵石路同样值得去走走。

　　学校的亦乐山山脚下有一小瀑布，瀑布前方有一汪小水塘。水塘周围立着几块大石，雨水一冲洗便现出漂亮的暗黄色。水塘外圈卧满了松散的砾石，砾石外一圈弯过一条鹅卵石路。水塘左边近瀑布的地方用几根高低不一的木桩围出一角，种睡莲。

　　五六月是南方的雨季。今年的雨水格外充沛，天少有放晴的时候。最难受的不是雨滴噼里啪啦砸湿了新换的跑鞋，而是天酝酿着下雨，却又迟迟不下。雨季的空气像拧不干的湿毛巾，潮潮的，稠乎乎地附着在人的皮肤上。太阳一出来，又闷又热，给人的感觉就像是进了桑拿房。就在六月这样一个闷热异常的中午，放了学，路过池塘边时我发现池塘角开了一朵睡莲。花心处的花瓣是暖暖的鹅黄色，极细小，皱皱巴巴地蜷缩在一起，末端向内卷，远看有点像花蕊。由内向外，花瓣一层层舒展开，颜色越来越淡。最外层的那五六瓣微微向内凹，末端尖尖的，颜色是略泛青的明黄色，稀稀疏疏地散着，看起来大方多了。花瓣的质地很细腻，像绸子一样。在夏日燥热的空气中，这朵睡莲开得很清凉，让人的心也跟着清凉了几分。

第二天早上再去看，昨天那朵睡莲已经不见了，只留一支细细的花苞，在晨风中颤巍巍地立着。其余便是莲叶，一片残瓣也没有。我想到那睡莲可能是被人摘走了，不免有些气愤，但毕竟还有一支花苞，便又欣慰不少。谁知第三天早上，连花苞也消失了，只留满池莲叶。此后一连好几天都是如此，我也就渐渐失望了。

不知又过了几天，池塘里又一朵睡莲开了，位置比上次那朵还偏僻，紧挨着山脚的石壁，被池边的一丛野草挡着。那会刚下过雨，微微向内凹的花瓣就像个小豆荚，盛了不少晶莹的雨滴。兴许这次它就不会被摘了，我在心里想着。此后每天早上、中午、傍晚上下学，我都绕路去看看它。看得多了，我才发现原来睡莲是会闭合的。早上睡莲的花瓣紧紧收拢在一起，看起来就像没开过的花苞；中午就大大方方地开着；傍晚半开半闭，里面的花瓣全都合拢了，只有最外面两层还懒懒散散地耷拉着；到了晚上，就又全部闭起来了。睡莲很幸福，每天都睡到饱了再睁眼。

这一方池塘很小，不常换水，池面上泛满了白白的细细的泡沫，漂着绿油油的浮游植物。傍晚瀑布泻下来，喷泉涌起来的时候，池塘便躁动起来，不安分地翻动着，散着海水一样咸腥的味道。有了那一角睡莲，池塘看起来清新了不少。大概是木桩围出来的空间实在太小，那一角睡莲莲叶小小的，花也矮矮的，颇有小家碧玉的感觉。有时虽同时有两个花苞，但一个总是藏在另一个下面，等另一朵开完自己再开，颇为谦和。可只要有那么一抹嫩黄，这池塘便是可爱的，这一天的心情便是可爱的。

无论走在附中的哪条路上，都能遇见美好。

　　走在去教室的路上，金黄的阳光透过叶隙，闪闪烁烁，不亚于任何一场盛大的烟花秀。

　　走在去宿舍开水房的路上，一只鸟从不远处的树梢上展翅，轻巧地越过栏杆，降落在我面前的瓷砖上。它一蹦一跳地走着，我捧着水杯，小心翼翼地跟在后面。我看见它的羽毛黑白相间，像是冬天的第一场雪覆在乌黑的土地上。

　　走在艺术馆旁的校道上，几只鸟相继飞上一棵落光了全部叶子的树，它们在树上蹦蹦跳跳，仿佛树上的最后几片叶子在风中颤颤巍巍地摆动。

　　走在宿舍旁的一排凤凰树下。正值夏天，花朵接到了风捎来的六月的邀请函，一朵朵缀满梢头。火红的凤凰花，烧出一树的温暖与明亮，烧出一个不可战胜的夏天。

　　走在体育馆旁的路上，能遇见三角梅。花开得不多，浅黄色的小花伴着绛紫色的花叶，零星地散落在绿叶中。越过三角梅，能看见附中的校门。一个女孩站在门后，手里拎着一箱家人送来的牛奶。她的父母隔着校门，把一个一两岁的小孩抱给她看，大概是她的弟弟或妹妹吧。她摸着孩子的头，目光温柔，嘴角上扬。生活中琐碎的幸福就像三角梅，虽没有玫瑰花的热烈，却点缀着每个平凡的日子，平淡而温暖。

　　走在去图书馆的路上，能遇见灌木丛。叶子的颜色深浅不一，墨绿色的叶子居多，嫩绿色的叶子夹杂其间，像被阳光点亮。灌木丛里缀满白色的小花。花瓣像由白玉雕成，温润而不苍白。花朵简简单单，如夏夜的繁星落在绿叶上，散着淡淡的香气。

　　走在亦乐山旁的路上，能听见整齐划一的蝉鸣，好像有哪个音乐家在暗中指挥。我踢着路上的一颗小石子，想起世宾的《蝉鸣》："当蝉鸣结束林中压抑的沉默／从四面八方涌现／它细小的翅膀扇动／就撕开了一个明亮的口子。"

无论走在附中的哪一条路上，抬头，总能望见附中的天空。当白云像海里浮动的白帆随风飘游，心中的烦恼亦随白云飘走，只留下一片澄澈的蓝。

在附中，一草一木都有自己的世界，只要你愿意走进。

而我，从不问如何走进，更不知如何走出。

有一束光，照亮我的世界

我一直很庆幸，能在那个静夜邂逅走廊尽头的月光与星光。

夏天的夜晚，在一楼的集中宿舍里，两三只蚊子正围着我打转，做题也是心猿意马，索性在每周的随笔中清夜扪心——

"因为父母被借调而留校的第二周，我陷入了对自己的质疑和前所未有的焦虑中。今天下午，我一个人在教室自习。烦闷至极时，我穿过洒满盛夏阳光的走廊，漫无目的地闲逛，或趴在栏杆上远眺，或驻足于各个班级的宣传栏前。我看见一棵开花的树，密密的枝丫交错着，切割着附中澄澈而明亮的蓝天。树后的教室中，高中部的学子正屏息凝神地听讲，阳光落在他们微微仰起的脸上。老师的声音夹杂着蝉鸣传来。一切晴朗而美好，我心中却浮现出不真切的感觉，像是泡在咸涩的海水里，复杂而微妙的情绪夹糅在一起。内心的迷茫与惶惑不属于这里，不属于眼前这个草木茂盛的夏天……"

写着写着，烦躁的思绪再次涌上心头，我便合上笔盖，提着台灯，蹑手蹑脚地回原宿舍洗漱。从宿舍楼内侧的楼梯口出来，路过一个走廊的尽头，用栏杆围着，如同小眺望台。烦躁被从操场上吹来的晚风温柔地熨平。我停下来，胳膊肘抵着栏杆，手托住下巴，向外张望。月光打在旁边一面苍白的墙壁上，隐隐约约，映出我的侧影。眺望台下，宿舍楼的侧面蜿蜒出一条小道，穿过草地与灌木丛，汇入操场旁的坡道。偌大的操场空无一人，一盏盏路灯散着昏黄的光，让我想起郭沫若的《天上的街市》——"远远的街灯明了，好像闪着无数的明星。天上的明星现了，好像点着无数的街灯。"操场四周或鲜黄或橙红的炮仗花隐匿于夜色中，只能隐约望见一些树与灌木在静夜里黯淡的身影。夜深了，只有蟋蟀在草丛中细声吟唱。

天空不是深邃的蓝黑色，而是一种黯淡的浅浅的蓝。云是一层如棉絮般轻盈的纯白云被，有的地方层层叠叠，有的地方薄如蝉翼。云在下方接近地平线的天空，浅粉与淡紫编织出一个童话般甜美的梦境。

云在空中漫游，轻轻地覆住了月亮，月亮藏在灰白的云层后。过了一会儿，云不紧不慢地随着晚风的脚步，向西边的山上漫去。厚的云层起身离去，留下几丝羽毛般的轻云。月亮在薄云后显现，淡淡的月光透过云层洒向大地，像是升腾起一片薄薄的银雾。有那样一个瞬间，月亮正好居于鱼鳞般的云隙中。月光皎洁，清辉从圆状间隙中倾泻而出，淌过云层，映照出云层的厚度。一切似真似幻，月亮与云层间似乎有了遥远的距离。圆月仿佛来自另一个世界的童话中，来自宇宙里一个漂荡着孤独的梦。在洒下的月光中，万物重新变得澄澈。

一日夜里，复习至烦躁之时，我搁笔欲再寻找那一片月色，却只望见天空抹着无边无际的深蓝，一架无人机在云层中穿梭，闪烁的灯光如小船深夜航行时忽明忽灭的灯火。我有些失望，放任目光随无人机漫游。忽见云层的边缘有一颗明亮的星星，如同孩童带着稚气的眼睛。一颗,两颗……我望见一片躲在云层后或明或暗的星光。繁星仿佛蓝色地毯上跳舞的精灵,在帷幕后踏着自己的节拍。重新抬头的刹那,我的眼中已盛满整片星空。

无论我来或不来,云层散或不散,星月都在那儿,散着光芒,亘古不变,守着一份无法被外界撼动的平和。它们不为任何驻足仰望的人而存在,一如《白日梦想家》中的那句台词:"Beautiful things don't ask for attention."

晚风吹过我的发梢,唤起我心底些许温柔的感觉。在夏天的静夜里,我被细微的情绪包裹,惶惑溶解于夜色中,或许我们本不需任何瞩目、任何证明。不紧不慢,待清风徐来,云层散去,天空重新澄澈。

星斗清亮,低低俯下头来。那一束光,照亮我的世界,如深海里漂浮的航标灯,永远温暖,永远明亮。

怦 然 心 动

那是八年级下学期一个周二的上午。放学铃响过，嬉笑声不绝于耳，椅子划过地面发出刺耳的声响。心中烦闷却难觅出口，做题也是心猿意马，我索性抓起饭卡和练习册，出了教室。

阳光一层层叠加到身上，温暖在初春微冷的空气中漾开。我想起自从更换出操路线后，未曾途经红茅草原野，加之不愿在拥挤如沙丁鱼罐头般的食堂排队，便决定闲逛散心。

原野旁有满堆落叶，踩上去，发出细微而金黄的响声。鸟鸣声若有若无。许是受到我的惊扰，鸟儿忽从满树繁叶间蹿出，借翅膀丈量原野，轻盈的身影仿佛被刮过的海风托起。

阳光笑着跌落到高处的叶子上，一枚枚，顺次点亮。高处叶子的影子吻着低处的叶子，光影摇曳，一半明亮，一半晦暗。风敲碎了凝固的思绪，红茅草原野的轮廓开始流动，像一只蛰伏于此的粉色小兽，身上的绒毛被风吹开。

如雷雨前的鱼得以浮出水面换气，我的脚步轻快起来，路过生物实验楼和亦乐山，篮球场前的一排绿黄葛树闯入眼帘。

那一刻，我怦然心动。

我从未见过春天里发芽的树。阳光在树上浓厚着，树浑身洋溢着春日的欢喜。

黝黑的枝干长出青绿色芽球，像青草从深深的黑土地里冒出来。有的芽球用深冬里积蓄的所有力量朝天空伸展，一截一截变长、生长，模样与印象中玉兰花的青色花苞相像。相较于新叶的柔软，芽苞很紧实，昭示着内心的倔强，那份像人揪着自己的头发把自己拔出泥沼的倔强。把耳朵贴上去，或许就能听见抽芽的枝干里血液流动的声音。

芽苞的力量不知来自何处。它只将在春天赶赴生命的盛宴当作一桩庄严的使命，在沉默中蓄积、饱满、倏地爆破。只见其末端绽开，原本紧紧合拢的叶片层层叠叠地散着。新生的嫩叶附着一层柔软的薄膜，像浅绿色绸缎上覆着轻薄透明的雪纺纱。伸展开的叶子叶柄清晰可见，薄膜褪在一侧，似是巷子里清晨散去的雾气。

新叶如婴儿的皮肤般娇嫩，细密地写满了春天的明亮与希望，在梢头轻轻颤动。抬头望去，灿烂的阳光漂洗着叶子，留下清澈的浅淡的绿。叶脉在阳光下明朗起来。

我静静地望着发芽的树，怦然心动，像是感受到了春天的触摸。若人类生命的本质在于渴望生活，一片叶子的本质或许在于对春天的渴望与幻想。渴望上升，叶子生长。只是叶子对生的信念似乎更纯真、更热切，而人却很难仅仅满足于存在本身。心中纠结着太多念头，像是泡在咸涩的海水里。我悔恨我的过往，忧虑我的未来，却忽视当下的存在。抛开不真实的未来和过去，当下应是一棵春天里的树，纯粹，安静，蓬勃。

内心的积雪慢慢消融，渗出更为明亮坚定的力量。想起很久很久以前，许是小学一年级时，母亲教我识字。不知为何，时至今日，我仍清晰地记得画册上那棵春日湖边的柳树和旁边捧着鲜花的女孩。母亲教我念书上的那句话，似乎是"春天来了，树木绿了"。我们笑得那么开心，像是真的受到了春天的触摸。

今天，那首关于春天与希望的歌仍令我心动。我从口袋里掏出铅笔，在练习册的封面描摹树上绽开的嫩叶，描摹发芽的心情。阳光和煦，风也很温柔。此刻的我只属于一棵正在发芽的树。

怦然心动的那一刻总是很纯粹，它紧紧抓住我们，将我们从纷乱的现实中抽离，剥去心中繁杂的念头，抛开不在眼前的事物，抛开想象的美妙幻象，抛开忧虑、恐惧和希望，让我们全心全意地沉浸于真实、完整而饱满的此刻，平静、清晰、不受打扰地感知当下，感知生命本来纯真的模样。

就像那一刻，我只知道，春天来了，叶子绿了，生命本来的样子是如此纯粹，如此美好。

爷爷的竹兔子

　　无意中打通那拨电话是在一个留校的周末。新冠肺炎疫情形势严峻，学校也封闭起来。周六傍晚，同学陆续离开，墙面上夕阳的余晖渐渐黯淡，沉默一寸寸蚕食着晦暗的教室。

　　心中愈发烦闷，我走出教室透气。落日已看不见，天空此时是极纯净的钴蓝色，像是冻住了，十月尾的纤月，一钩清朗的银白，不带半分光雾，现出薄薄的光。扶着栏杆，可以感觉风越过红毛草原野，奔涌而来，像灰云下大海的呼吸。

　　满树叶子在风中翻覆，暮色四合，冷雨潇潇。

　　雨水遍地淌着，漾着流光，红瓷砖，灰石砖，横柯落叶，在雨里浸得愈发明润。通往高中部那段素净的灰石阶上，涌动的人群高声谈论着周六的讲座和电影。烟白，藕粉，石青，杏黄，湖蓝，各式伞像忧郁的春日的花，静默而绚烂，随着人流一层层开上来。

　　在那个本该闲散的傍晚，我因没有伞而在这雨中狼狈地奔跑。手脚冰凉地冲进宿舍，脱掉早已湿透的运动鞋，我一面急躁地翻找着电吹风，一面打电话给母亲寻问雨伞又收在哪个行李箱里。

"哪位啊？"电话那头传出爷爷的声音。我才发觉自己忙乱中拨错了电话。想来这是第一次用老人机给爷爷打电话，他还不知道这个号码是我的。

"我，家玥啊。"我应道，寻思着该如何把谈话继续下去。

"丽卿啊，快过来，阿玥来电话了！"我听见爷爷的声音，意外中有难以掩饰的激动和喜悦，心中不禁一阵酸楚。

"玥啊，怎么突然来电话啦？在学校里没遇到啥不顺心的事吧？"

"没，没什么。"我有些语无伦次地说，"就，就是很久没回家了，想吃奶奶做的粿了，也想、想爷爷奶奶了。"

"哎哟，这还不好说！爷爷明早就去南市场买新鲜的绿豆瓣和芝麻，家里碗橱里还有上次剩下的一大沓芭蕉叶哩！可方便了，明天下午就能给你寄上去……"

窗外雨仍淅淅沥沥地下着，听着电话那端熟悉的闽南乡音，烦躁慢慢被熨平，取而代之的是温馨与安宁。

爷爷的面容浮现在眼前：灰黑的短发麦茬一般直立着，极淡的眉毛，一双纯朴而真挚的眼睛，笑起来拖着长长的鱼尾纹；极瘦，手臂上有青筋，皮肤也没有老年人的松弛感。不同于外公总穿有黄豆大小破洞的白衬衣，爷爷穿的衣服是极板正的，大抵是藏青、深蓝、灰黑一色的衬衫配卡其色长裤。

他内敛，不善言辞。小学时我在云霄读书，每天放学回家，总在二楼边写作业边等开饭。傍晚六点，在锅铲翻动声中，总能准时听见钥匙插进锁孔的脆响，自行车轮吱呀吱呀，"哐啷"一声，轮子上的立架被踢下。楼道的照明灯亮了，爷爷步履极轻地走上来，将钥匙放在木架上，点头朝我笑一下，我很快又埋首于小学乏味的抄写作业中。他也不出声，背着手，在客厅里转几圈，掸一掸书架上的灰，或把窗台上玫瑰的花苞移到向阳那面去。直到我起身喝水或吃饭，他才踱过来，叮嘱那么两句，"书别读太累了，要多放松""饭要好好吃""天气热了，水多喝些，别上火哩"，他总是这么说着。"好，好好！"我也总是这么应着。

就这么过了几年，我也从一年级读到了六年级，课业重起来，又换了新座位，慢慢变得形单影只，沉默寡言。父母恰好换了岗位，面临调动后交接、适应的一系列问题，自顾不暇。那天傍晚，我照例埋头于课业。爷爷来了，一反常态地走到书桌前，笑着，变戏法般从身后掏出一只竹兔子。竹兔子足足有一个小抽屉那般大，竹片削得极平整，耳朵是用数十片薄如蝉翼的细片绕转、捆扎而成，风一吹便来回晃荡，发出风过树林、树叶战栗时的"簌簌"声，显得分外灵动；兔身的竹片则是极厚实的，交织错落，分列井然，用手捧着可以感受到沉甸甸的分量。

他依旧那般憨厚地笑着："今儿是你生日！怎么，忘了吧？你爸你妈真是的，忙起来就什么都忘了。"他从裤袋里摸出一个鼓鼓的大红纸袋来，"喏，爷爷给的红包你一定要收，这是许你平安喜乐的！拿去买点好吃好玩的！读书啊，别读太累。"

时隔多年，我仍能记起那一刻的感受，意外、欣喜、感动而又有些心酸。当时离小升初考试不到二十天，课业压力和人际疏离蚕食着我心底那些美好而纯真的感觉。我忘了自己的生日，忘了闲书杂志和江滨路上的晚风，窗台玫瑰的开放和巷子里轻柔的琴声不再令我欣喜。当我裹上生活厚厚的尘埃，久困于知觉的硬痂夯成的茧壳中时，爷爷做了一只竹兔子给我。

那一刻，平日里近似于老生常谈的"我们普通人家，只求你平安喜乐便好"忽然对我有了意义。那个会拽着父母的衣角死缠烂打讨要一根冰糖葫芦、会为一只兔子的离世伤心得两天吃不下饭、见到各种房屋和汽车模型就移不开眼的小女孩，在时光的长河中渐渐走远了。但爷爷始终记得，一个孩子心底最柔软的希冀。

重新打开这个世界

——记"半小时失明"体验活动

　　在阳光正好的下午，用黑布蒙上眼睛，重新打开这个世界，重新感受熟悉的校园。被同学牵着，笔直地往前走，我感觉自己在原地踏步，像踩在云朵上，轻飘飘的，伴着阵阵头晕。

　　慢慢走着，阳光一层层叠加到我身上，如米黄色的外套般温暖。风拂过耳边，往我耳朵"呼呼"地吹气，调皮地吹起一两缕发丝。走在国际部大草坪旁，我听见校外的车道上，大卡车"轰轰"地开走，去往我不知道的远方。

　　不知不觉，到了亦乐山。在"导航"的指引下，我小心翼翼地拾级而上，坑坑洼洼的石阶上似乎铺满了落叶，踩上去，发出细微的响声，像在轻声诉说，又像一支明亮清脆的歌。路旁的野草拂过裤角，挠得皮肤很痒。

　　"这要多久啊？"处于黑暗中的我有些不安，又有些迫不及待，听伙伴说，那里可以俯瞰整个附中。

　　"快到山顶了，再等等。"

　　终于，石阶到了尽头。站在平地上，两人都不再说话，只是静静聆听，捕捉一切声音。

我听见，风偶尔路过，"沙沙沙"，叶子相互触及，压低了嗓子欢呼，带着夏天的生机和愉悦。鸟鸣声从深林里传来，像一朵半开的花，若有若无，婉转而羞涩。时远时近，忽左忽右，相互唱和，好似大自然的音乐会。

摘下眼罩，我发现自己置身于一片不高不低的花海中，阳光给一切镀上金黄，孤独的石凳安静地享受着野草的陪伴。远远望去，蓬勃生长的爬山虎给教学楼单调的白墙添了几分夏日的生机。楼前，似乎有一群金色的精灵在起舞，在飞翔。那是什么呢？我忍不住好奇。

回来途中，阳光愈发温暖，给我的额头上蒙上一层细汗。走在树荫与阳光的交界处，一半享受凉爽，一半沐浴阳光。随手摸了摸灌木丛里的叶子，厚实，有韧性，远非想象中的柔软。蒙上眼睛，用听觉和触觉重新打开这个世界，一切变得陌生而新鲜。

近了，近了，越来越大的水声把我从沉思中拉回现实。瀑布的水声掩盖了其余声响，比夏日的暴雨还要磅礴。时不时有调皮的水滴蹦出来，跳到手背上，凉丝丝的。闭着眼，我仿佛又回到了暑假去的黄果树大瀑布。池塘边，两人小心翼翼地挪动着身子，想要触摸喷泉。

就这样，我们走走停停，步伐轻快地到了教室。同学们的体验还未结束。路过走廊时，我看到有一群蜻蜓在楼后飞舞，它们的翅膀被阳光镶上华丽的金边，舞姿优雅而从容，如同高贵的王子和公主。原来，它们就是那群金色的小精灵。

为何平时没有注意到？

精灵般的蜻蜓，清晨的阳光，风吹过的声音，碧绿的爬山虎，落叶和野草，瀑布和喷泉，为何平时没有注意到？我陷入了沉思。

　　大概因为，今天我们在蒙上双眼后，学会了用心聆听、用心感受；在体验失明的过程中，学会珍惜光明，用心去看。当世界被我们重新打开时，我们学会拾起那些曾被忽略的美好。

　　我不禁想起林清玄的散文《黄玫瑰的心》：有一位花贩告诉我，夜来香其实白天也很香，但是很少人闻得到。他的结论是"因为白天人的心太浮了，闻不到夜来香的香气。如果一个人白天的心也很沉静，就会发现夜来香、桂花、七里香，连酷热的中午也是香的"。我的心总是太浮躁，以致感觉不到细微的美好。蒙上双眼后，我终于学会放慢脚步，小心翼翼、静下心去感受。

　　重新打开这个世界，阳光下，我听见自己的脚步声，温暖而坚定。

比看上去更有意思

与五岁的小翊散步是件有意思的事。

迎着晚风，慢慢地走。路口，卖海鲜的人早已收摊，留下散落一地的泡沫箱和水管。水果摊灯火明亮，顾客的闲谈和摊主爽朗的笑声，夹杂着塑料袋窸窸窣窣的声响，好不热闹。

月光透过云层，洒向瓷砖铺就的广场，像是升腾起一片薄薄的银雾。小翊在广场上踮着脚尖转圈，米白色纱裙配上一双小白皮鞋，裙摆像一朵牵牛花带褶皱的纯白花瓣。

走在她身旁，总觉得万事万物比看上去更有意思。老家没有游乐场，她便在公园的腹板机上滑滑梯，一边喊着"我是采花大盗"，一边小心翼翼地把摘下的花别在耳边。小巷里，她拉着我的手，跳过一个个井盖，把长满青苔的墙角里悄然盛放的粉红色玫瑰指给我看。问她这是谁的玫瑰，她思索一会，认真地说："蜜蜂的。"

不知不觉，走到了一堵土墙旁的空地上。路灯投下昏黄的光，空气中的灰尘在光柱里静谧地舞蹈。水泥地上支着一张木桌，桌上有简陋的投影设备和散乱的电线。幕布两端拴在空地前方的电线杆上,正放着豫剧《麻风女》,一女子以蓝色长袖掩面,唱着"只——见——他身影消瘦风尘未洗——"。已是深秋,寒风瑟瑟,又因年轻一代大多不好戏曲,场地很是冷清,只有两位老爷爷躺在塑料椅上津津有味地看戏。他们穿着厚厚的棉衣,手揣在衣兜里,兴致盎然,陶醉时便摇头晃脑唱上几句。曾几何时,我也是个在人群中踮着脚尖看戏、目光热切的小孩。灯笼把人们的脸蛋烘成暖暖的明红色,我拽着爸妈的衣角,偷偷扭头看一旁老奶奶自行车后座插满冰糖葫芦的竹桩,裹着薄薄一层糖衣的山楂在灯光下看上去晶莹诱人,只是不知怎么向爸妈开口。

小翊忽然拉住我的手,胡乱摇着。顺着她的目光看去,旁屋客厅里,一位老爷爷独自坐在红色塑料椅上,满头银发,戴着老花镜,穿着黑色布衣,脚上的蓝色拖鞋趿拉地响。我看他挺直腰板,无比庄重地把手放到电子琴的琴键上,一遍又一遍地弹奏着《青藏高原》。谱架上放的却不是琴谱,隐约可见几张照片。屋子很小,电子琴旁挤着音响和风扇,茶几和老旧的木柜,摆满了布鞋的三层鞋架,一个装满番薯的麻袋和一摞叠得很高的橙色塑料椅。此刻,却只有他和他的电子琴。

这是一群可爱的人过着孤单而灿烂的生活,他们对万事万物的兴趣是点亮生命的宝石。这世界从来没有隐藏过我们,一如墙角悄然绽放的玫瑰。只是我们的知觉生了硬痂,久困于自己的茧壳之中,不再拥有对外界敏锐的感知。总觉得生活贫瘠、荒芜,蓦然回首,才发现是自己遗失了对万物的好奇与热情。

想起小时候,每个周末我都去外公的枇杷山,在田埂上自在地飞奔,直到裤子和鞋子都扎满了黑褐色的鬼针草。枇杷树下有成片的三叶草,我常蹲在树下,指尖划过一片片心形叶瓣,消磨一个又一个阳光灿烂的午后，只为找到一株四叶草。那时，我总爱坐外公的摩托车兜风。路旁树木蓊郁，远处的山有清朗的轮廓。午后的阳光笑着，跌落到高处的叶子上，每片叶子都是一首明亮的诗。小卖部的电视里播放着《还珠格格》，老太太把脚搁在竹凳上，靠着躺椅，昏昏欲睡。沿着小径上山，脚下的落叶发出细微的响声。如今故地重游，清风徐徐，林海茫茫，一如往常，我却再无从土坡上纵身一跃的勇气和寻找四叶草的耐心。童年不再来，那个喜欢以铁锹为锅铲，在枇杷树下翻炒四叶草的我，那个喜欢用把土装进瓷缸做巧克力蛋糕，又用小树枝当蜡烛的我，已长大了。

我看见小翊蹲在空地旁的榕树下，数着那些野花。她说她前天在这看见了蒲公英，但还没吹，因为想等我一起。"蒲公英藏起来啦！"她边找边嘟囔，锲而不舍。也许是被像她这样爱吹蒲公英的小孩子摘走了，我心想，但我什么也没说，只是望着她给那些野花点名，眼中的期待像宝石。

感知的过程让外部事物对我们产生了意义。我们读到的外部世界在某种程度上是内心世界在现实中的投映。用一颗明亮的心悦纳种种可能，便会发现，生活远比想象中更广阔。有一角是瘦瘠的，也会有一角种满鲜花，由春天保管——饱满如外婆的蜜柚。明亮似水果摊的灯火，像阳光下枇杷山的草木一般，暖烘烘的，像乡间夜晚淡淡的月光，平和、纯粹、柔软。让万物比看上去更有意思的，正是我们的所思所想。

缝隙中的诗意

　　盛夏。教室。耳旁传来背诵的声音，夹杂着风扇"吱吱"的转动声和聒噪的蝉鸣。空气仿佛凝固了，黏糊糊地附着在我的皮肤上，手臂上的汗印在桌面留下湿漉漉的痕迹。我用手托着下巴，机械地背诵文学常识，眼睛快要睁不开，恍惚中看见同学们的嘴巴一闭一合。想到明天的期中考，我不禁握紧手中的提纲。

　　"停停停，不要一直背，放松放松。"讲台上，她从座位上站起，笑着说："听一首舒缓的钢琴曲吧。"盛夏的阳光照在她微微仰起的脸上。风从窗户里灌进来，吹走我的些许困意。

　　琴声犹如清泉，从教室的多媒体中缓缓淌出，淌入我的心里。这段旋律似乎在哪里听过？我暗想。

　　"闭上眼，想一些美好的事物……"耳畔传来她温柔的声音。

　　琴声轻快如松间跳跃的松鼠，活泼似奔跑的烂漫孩童。是那首熟悉的《瓦妮莎的微笑》。回忆的闸门忽然打开，那些被琴声涂抹上明亮底色的日子，化作溪流奔涌而来。

　　犹记家后有一条小巷，巷子里住着一位学琴的大姐姐。琴声流淌在小巷里，或是清晨鸟儿开始鸣唱时，或是中午母亲煲鸡汤时。想起小升初时总有做不完的基础题综合题提高题压轴题，每当我挑灯夜读、心烦意乱时，小巷里的琴声便像清风熨平我的前额，吹去所有烦躁。想起每次考砸在卧室里抽泣时，我听见琴声响起，轻快的旋律里有花开的声音，有溪水奔向远方的欢歌，有鸟儿在清晨微风中歌唱的骄傲，有野草在风吹来时仰倒的惬意。听着听着，我的心窗被琴声推开，阳光照进心里幽暗的一角，明媚重新爬上心墙。小巷本是条普通的小巷，充斥着犬吠、锅铲翻动的声音和小贩的叫卖。但在琴声响起的片刻，像是六月的阳光全数倾泻，像是乱石堆里绽放出鲜花，整条小巷都浸润在明亮的诗意中。琴声，是小城平凡生活缝隙中的美好与诗意。

后来，我外出求学，一周回家一次，一天半的周末时间被作业填满。只有少数几个夜晚，时针走过了"12"，小城的灯火像远飞的萤火虫，逐渐消失在静夜里。台灯奶白色的光雾笼罩着桌面的练习册，我甩甩发酸的手腕，忽然记起很久没有听到琴声，是大姐姐不再弹琴了吗？或许只是我已无暇顾及。

最后一个音符轻轻落在我心上。她笑着说："继续复习吧。"我低头望向提纲，忽然记起一个星期前的中午，放学后我和她靠在护栏边聊天。天空是干净、澄澈的蓝，晴朗而温柔，白云像蓬松的棉花糖，一团团地点缀在天空上。盛夏的阳光，从一旁小树密密层层的枝叶间透射下来。她说："生命也可以浪费在有意义的小事上，与爸爸妈妈一起散散步、聊聊天，在午后读读诗。不要把所有时间都用在学习上。"

忽然间很感动，庆幸有这样一位老师，帮我寻回生活缝隙中的诗意，寻回真正点亮生命的事物。生命不应只执着于完成，在疲倦的生活与匆匆的脚步间，总还要有些许温柔与诗意的存在啊。

　　琴声与耳的邂逅，一如静夜的星月与双眼，冬日的热茶与唇舌，绵绵的忧思与春雨，寂寂的旧梦与残雪，不期而遇，在某一刹那拥有了彼此，故事便开始不同。那一瞬间的美留不住，只是当星月冷落、群山衰尽、众音沉默，当初的光亮便迅速传到心底。

　　阳光一层层叠加到我身上。我想，这周回家时，要好好听听巷子里的琴声。

西门保安记事

西门的保安有时不那么通情达理。

一天晚上，我因无法适应新环境，在校外租住的房子里辗转难眠。第二天早上八点，爸爸打来电话，要我去学校向老师拿"走读生申请表"。草草吃了早饭，我便随着开学报到的人群进了学校。拿了申请表，老师也许是有急事，走得很匆忙。而我，精神恍惚地回到西门，打算回家补觉。

因为是报到日，满载行李的车辆和拎着大包小包的家长络绎不绝，西门的通道全部放开，加之下午才正式报到，我想当然地忽视了门禁，径直走出了校门。走出没几步，便听见有人在背后吆喝："你！你——快回来！"转头一看，一位刚才还在指挥车流的保安已经追了上来，对我劈头盖脸就是一顿数落："你怎么随随便便就出去！懂不懂规矩！还不快回去！"我拿出申请表，向他解释我已不住校，回不了宿舍，而且今早大家整理内务，不上课。他仍黑着脸，不快地道："你去找老师签出入证，没有批准不能出去！"我解释老师有急事早已不知所踪。僵持了不知多久，直到爷爷过来，费了好一番口舌，他才勉强同意我先回去，下午补办出入证。

　　他很讲规矩。当我晚上把老师签好字的出入证给他看时，他推了推鼻梁上的老花镜，把出入证举到保安室的白炽灯下，细细研究后，又挑剔道："你出入证后面没有德育处盖章呐，要盖章的。"我只好解释学校开学事务多，审批要一段时间。加之睡眠不足，我心里格外烦躁，撂下一句"麻烦了"扭头就走，不愿再同他周旋。

　　开学后，进入西门的次数多了，我便时常与他碰面。头几次，他记不住脸，总要问我为什么还没录入人脸，我只好一遍遍重复解释，以至于后来我一看到他心里就发怵。直到有一天，我去得比往常晚，保安室又是他当班。当我照例在学生外出请假登记表上登记时，我看到值班员一栏已经签上了他的名字——黄必达。

　　他竟然就是黄必达。

　　知道这个名字是在高一。高一下学期，我正准备主持学校的迎新年广场钢琴演奏会，妈妈托人把主持服装寄在西门。我去时，衣服还未送到，我在西门保安室的一堆饭盒、牛奶、被子中搜寻无果，只好站在门口等。一位保安走过来问我怎么了，讲明缘由后他很热心地请我到保安室里坐坐。我们有一搭没一搭地闲聊起来。他问我读几年级、在哪个班、刚刚过去的市质检考得怎么样……他说，他的孙女在读初三，马上就要中考了，历史和化学成绩总是提不上去，他很着急。又叫我推荐几本教辅，他要买给他孙女。碰巧我比较爱买教辅，便在纸上开列出一串长长的教辅清单，再附上一些我觉得不错的练习册和免费的网课，又宽慰了他几句，让他别太焦虑。

　　他小心翼翼地把纸折好，塞进口袋里，又问我能不能留一个电话号码。见我有些迟疑，他非常笨拙地解释道："我不会打给你的。我给孙女，看她能不能给你打个电话交流一下，不会很久，不会打扰你学习，她很听话的。"说到孙女，他的话便多了起来，说她孙女在班里被同学选成班干部，同学很喜欢她；说她孙女懂事，虽然现在住宿舍，但傍晚经常绕路来看他。说着说着，他的嘴角便上扬起来，语气里的自豪和喜悦满到快要溢出来。

那天晚上，我的老人机便收到一条短信。那个女孩向我道谢，又问我哪天有空，她能不能来我们班，简单地问几个问题。于是，我们约了星期二中午一起吃饭。见面时说到她爷爷，她说她爸妈很忙，都是爷爷在管她。她爷爷希望她能留在附中上高中，总是操心她的学习。

高一期末，我整理出一些理科的教辅和笔记，打算放在西门保安室。西门的保安经常轮换，我怕给错人，便问她爷爷叫什么。她说，她爷爷叫黄必达。离校那天，刚好是他值班。他很高兴，摩挲着书皮，一遍又一遍地说："谢谢你。"临走时，他站在门口，我走远了回头看，他还在朝我挥手。

高一暑假，学妹给我打过一次电话报喜。她如愿考上了附中，爷爷很高兴，又说："他还是那么倔，考完了也不让我多放松几天。不是唠叨我看电视太多，就是催我预习。感觉他比我还焦虑唉。"

后来，我没有再去过西门。那位保安爷爷的音容笑貌在时间的流逝中渐渐模糊了，倒是时常碰到他的孙女。她新配了一副眼镜，看上去文静了不少，讲起话来还像以前那样活泼。

按惯例登记完，我出了保安室。走在路上，我忽然想起凡·高的那句话，我心中有一团火，路过的人只看到烟。我不了解的何止是路上擦肩而过的普通人，对那些每天见面的人，我习惯了在特定视角下观察他们，我窥见了他们在特定情境中的一面，就以为看见了全部。但有些时候，看上去坚硬的人心里也有柔软的地方，只是我还没有找到打开他们心扉的那把钥匙。

其实，每天弯腰在垃圾房里挑拣塑料瓶的保洁阿姨，有时也会坐在走廊的木凳上，用水果刀削着苹果，与同伴聊着家长里短；在拥挤的小卖部里忙着清算商品的食堂阿姨，也会买火腿肠喂溜进食堂的流浪猫；而在深夜提着手电筒巡逻的保安，可能正惦记着他的孙女有没有按时休息。每个人的心中都有自己的隐晦与皎洁，看上去风轻云淡的人可能独自咽下了不少生活的苦涩，看上去漫不经心的人可能也有想倾尽全力去守护的事物。不必急于为每人下定义，少一点成见，多一分耐心，慢慢相处，慢慢探索，或许就会发现世上还有许多孤单而灿烂的生命，在等待一次温暖的相遇。

前天晚上，又是他值班。登记时，一位家长急匆匆地跑进来，"刚才光顾着跟俺娃讲话，忘了把衣服给她。这两天降温，冻着了可咋办。您看，我进去拿给她，马上就出来，行不？"

"好，好，快去吧。"我听见他说。

永远的少年

父亲爱笑。

我从没见过他忧愁的样子。在我被焦虑、疲倦和自卑裹挟的时候，我喜欢打电话找家里人倾诉，母亲听后却常常陷入焦虑与担忧中。她说，她挂了电话后会在床上翻来覆去睡不着觉，回头一看，我爸已经睡着了，鼾声如雷。母亲第二天问父亲他怎么这么"心大"，他说，孩子啊，总会慢慢长大。从小到大，有什么烦心事，我更爱找母亲倾诉。我不想听父亲语重心长地讲那些关于心态调整的大道理，告诉我一切都会过去、人生中的这些坎要自己去跨越等。我想要一个能和我共情的倾听者，而不是一个和我讲大道理的开导者。我觉得父亲无法与我共情，他总是那么理性、从容、心平气和。 直到有一天，饭后同母亲闲聊，她告诉我，父亲刚开始当刑警时，常常为了一个案件焦头烂额，整夜辗转反侧，难以入眠。他未尝不懂彻夜无眠的焦灼与无助，但或许他心里明白，有些路只能一个人走，有些关只能一个人过，他的担忧于事无补，他也只好相信，我会在一次次挣扎后找到属于我内心的平静。

　　其实父亲一直在用他的方式守护着我的成长。客厅里有块白板，那是家里的公告栏。小时候，我常在白板上郑重地写下：今晚七点下飞行棋，届时请各位务必出席。爱泡茶的父亲总会推迟朋友的邀请，准时出场。飞行棋有条规则，只有投到六，飞机才能起飞。骰子在地上翻滚，险些被父亲专注的目光穿透。见我和母亲的飞机都起飞了，他搓着双手，焦灼地皱着眉头，念叨着他今天的运气怎么这么背。赢了，他会得意洋洋；输了，他连连摆手，赖道："不算不算，再来一局。"小小的客厅总是洋溢着欢乐。后来，我长大了，一回家不是忙着备考，就是忙着玩手机，客厅壁橱里的飞行棋渐渐蒙上了一层灰。父亲时不时问我："玩不玩飞行棋？"我总是摇头。父亲叹了口气，说："别太累了。"其实，父亲没有那么爱玩飞行棋，或许他只是希望，他的女儿能多笑笑。

　　父亲喜欢给我买书，但自己却不怎么读书，我向他推荐我喜欢的书，他总是摆摆手："我哪有时间！"六年级时，我生病在家休息，读完了龙应台的《孩子你慢慢来》和《亲爱的安德烈》，然后开始读《目送》，第一次困惑于生死问题。母亲见我一直郁郁寡欢，劝慰无果，便有些不耐烦，父亲却一直很耐心地开导我。有一次，我半夜醒来，迷迷糊糊中看到父母的卧室还亮着灯。靠门的那张书桌前，父亲端坐着，用手支住额头，全神贯注地读着一本书。什么时候起父亲也开始读书了？第二天，父亲母亲都去上班了。我走进他们的卧室，靠门的那张书桌上放着父亲昨晚读过的那本书和摊开的读书笔记本。再熟悉不过的绿色封皮上，"目送"二字赫然在目。那个瞬间，一股酸楚攀上我的鼻头。

　　记得有一次放月假，回家的车上，我和父亲说起刚刚过去的期中考。我说，最近的几次考试都考不好，对自己的信心一次比一次少，状态一次比一次差，真不知道怎样才能走出这样的恶性循环。他沉默良久，叹了口气，说："我当年读高中时总是前几名，你爷爷奶奶都为我骄傲，我也觉得自己能有一番作为。后来我考了警校，在小县城里当警察，工作忙、压力大，也没什么突出的成就，年轻时畅想过的种种可能一点点地流失，生活有了既定的轨道，普通、单调、一成不变，但也有井然有序的简单而深刻的幸福。所以啊，你也不要太在意成绩，生活的质量不是只由能力决定，还要看机遇和心态。活得开心才最重要。"他像是在安慰考砸的我，可我分明看到他的眼神有些黯淡。父亲是名警察。小时候，我常为此自豪，长大后更多的却是担心。自打父亲调整岗位去当了刑警，常常二十四小时不歇地接警、出警，办案加班到深夜，每次回来都是双眼布满血丝。印象中的父亲，总是躺在客厅的沙发上打着呼噜，在下一次回单位出警前做临时休息。而母亲一看到我就说："嘘——小声点，你爸睡着了。"去年暑假，从武夷山自驾游回来，父亲累得倒头就睡。母亲说，他的身体没以前好了，他已经不年轻了。父亲咽下的何止是那些疲倦、无奈、迷茫、焦灼不安、无所适从，还有我尚未完全体察的生活的苦楚和可能性慢慢流失的失落与无奈。

暑假里一个无所事事的午后，我本想找幼儿园的毕业纪念册，却无意拉开了卧室里放着父母早年资料的抽屉。先是一些旧照片，照片上的他不像现在身材有些发福，高高瘦瘦、浓眉大眼，冲着镜头有些腼腆地笑着，带着少年的天真与朝气。下面是一叠成绩单，门门功课都是九十几，的确如他所言，成绩优异。一张张翻过去，一张写满了字的科作业纸映入眼帘。

纸片有些泛黄，上面工工整整地抄着普希金的《假如生活欺骗了你》。在那句"相信吧，快乐的日子将会来临"下，留下了正值年少的父亲稚嫩的字迹："生活总会有坎坷和风沙满天的路途，但我不会害怕，我相信，如果怀着对未来的期待走下去，一直走下去，我终将遇见属于我的满天繁星。"那一刻，我觉得内心的某个角落被击中了。父亲也曾是少年，曾经不畏一切，满怀信心，有势不可挡的锐气和热烈的相信，执着地憧憬着属于他的满天繁星。在理想与现实的博弈中，他有过气馁，却未曾落败。在满是风沙的生活中，他有过疲倦，却总能在三十分钟的临时休息后又打起精神，投入下一班出警。工作的间隙，他总爱邀三五好友，泡一盏好茶，畅聊、大笑、陶醉地仰头，眼睛眯成一条缝，甚至像孩子一样用手拍桌子。在那似夏日晴空般爽朗舒畅的笑声中，他仿佛还是那个在端坐在书桌前，在昏黄的油灯下一笔一画地抄诗的少年。不同的是，那个抄诗的少年尚未越过一大片干旱荒芜、地势险峻的旷野，对生活充满了热切、美好也可能不切实际的想象。如今的他已经越过了旷野，目睹了现实瘦瘠与苍白，却依旧有憧憬、有相信，因为他的生活，在苍茫中也有轻柔。

又是月假回家的路上。我笑着对他说："爸爸，讲讲你年轻时的故事呗。"他笑着说"好"，眼中又有了光亮，一如当初那个想遇见满天繁星的执着的少年。

那一刻，我没有挂断电话

我妈爱唠叨。

每天回到宿舍，妈总在电话那头讲个不停。"有没有熬夜？晚上要是睡晚了，中午一定要多睡点……水果吃了吗？香蕉黄了才拿给你，要先吃，苹果倒可以放久一点，还有百香果……明天降温，你要添衣服啊……"大多数时候，我能按捺内心的烦躁，耐着性子听完。但作业一多，我便没了耐心，往往胡乱应和，找着空当便把电话挂掉。

周二晚上，繁重的作业让我心烦意乱。"叮——叮——叮——"电话照常响起。"喂。"我言语里中的不耐烦满得快要溢出来。

"阿玥，今天过得好不好？"熟悉的问话传入耳畔，我却没有心思应答。

"老样子，写作业写得快烦死了。"

"欲速则不达，调整心态慢慢来，你急，作业也是那么多；你不急……"她又开始絮絮叨叨，慢条斯理的，那种要跟我细细聊一个晚上的语调。

"我知道！"我对着话筒急促不耐地吼叫。

"别着急，慢慢来，能写多少就写多少，实在写不完妈跟老师说去……"

"好啦，知道知道，拜——"我按捺不住自己的急性子，正要挂断电话，她却像想起了什么似的，幽幽地说："昨晚半夜醒来，竟忘了你住宿，披上外衣就要过去给你盖被子。"

那一刻，记忆的闸门打开了，回忆像滔滔江水奔涌而来，我呆呆地站着，竟忘了挂断电话。

记得上小学时，我入睡后半夜总是流汗，妈妈也逐渐养成习惯——在半夜二三点准时醒来，披上外衣，像脚底有肉垫的猫一样，悄悄潜入我的房间，为我擦汗披被角。有一次我放学偷偷跑去小伙伴家里玩，还跟她顶嘴，把她气得脸色铁青，哆嗦着嘴唇说不出话来。夜深人静，我躺在床上，回想白天发生的种种，翻来覆去。想到她在校门口找不到我时该有多着急，愧疚便一阵阵涌上心头。这时，我忽然听到轻掩房门的声音，赶忙闭了眼，假装自己已经睡熟了。过了一会儿，我按捺不住好奇心，眯眼一瞧，果真是妈妈。她轻轻地帮我盖上被子，又小心地探了探我的后背。"奇怪，没流汗。"她小声嘀咕着，在我脸上轻轻地吻了一下。痒痒的，如同和煦温暖的春风拂过。

那一刻，我握着电话听筒，任数不清的回忆围着我打转，像雪花般融进我的心灵。那一刻，我理解了我的母亲，理解了她藏在唠叨里的牵挂和爱意，理解了她在我离家求学后的不舍与失落。我忽然发现，自己竟忽略了那个最爱我的人，自己从未认真倾听过她的心声。

那一刻，我没有挂断电话。我握着听筒，认真地说："妈，我爱你。"

美 的 瞬 间

　　上完每周四的数竞课，我像雷雨前想浮出水面换气的鱼儿一样，迅速背上书包，踏出教室，想尽快逃离黑板上密密麻麻的演算。

　　低着头快步走回宿舍，电话准时地在九点三十分响起。自从我去附中读书后，这便成了我与母亲的日常。

　　"喂——"我的声音有气无力。

　　"宝贝，今天过得怎么样啊？"

　　……

　　与往常并无二样的对话后，她忽然像小姑娘似的，开心地说："你知道吗？我现在在屋顶上看月亮。"

　　"屋顶？不是阳台？"

　　"是啊，我刚洗完衣服。今晚的月亮很好看啊……"

　　屋顶。记忆的闸门打开时，无数美的瞬间涌了进来。我们住在小城的排房里，五层楼高。自从爸爸在阳台和屋顶间架了不锈钢梯，屋顶便成了我与小城天空约会的地方。我在这里邂逅了无数美的瞬间。

在屋顶上背书，不经意间抬头，撞上落日小心翼翼地挪到将军山顶上的那一刻，撞上了浅紫和淡粉的晚霞与天空编织的童话。晚风捎来街角邻居的一声"吃饭了"和锅里猪油"滋滋"的响声。

除夕夜，我会与母亲在屋顶对小城的天空高歌一曲《夜空中最亮的星》，看夜空被布置成热闹的舞台，烟花接连绽放，极尽瞬间的璀璨。

中秋节赏月，圆月被远方的高山小心翼翼地托上天空。我用心捕捉月亮由浅黄变为银白的一瞬。浅黄的月亮仿佛残留着白天太阳的温暖，银白的月亮像一只干净的雪球嵌在夜空中，不染纤尘。

此刻，母亲拿着手机站在阳台上。我想像晚风温柔地拂过，轻轻吹起她的发梢。小城的灯火如远飞的萤火虫，逐渐消失在静夜里。夜空抹着无边无际的深蓝，凝重而深邃。或许会有一两架飞机穿梭在云层中，闪烁的信号灯如小船深夜航行时忽明忽灭的灯火。星星明亮，如孩童带着稚气的眸子。远处，小城周围黝黑的群山连绵起伏。我想，母亲看到的，一定不是被夹在高楼间委屈地缩着身子的月亮，她看到的月亮自由而皎洁，在夜空中温柔地注视酣睡的小城，洒下淡淡的恬静的月光。

无论如何，我知道，这一刻，是母亲在洗完衣服后采下的美的瞬间，是她疲倦的生活中的些许温柔，是无数平凡日子里独属于她的一份精彩。

"你们看到了吗？今晚的月亮是橘黄色的！"舍友把书包往桌上一甩，抓起书柜上的相机就要往外冲。

而我，不愿再错过这美的瞬间。

"我也要去看看。"我对电话里说。

妈

母亲生于45年前的7月30日。

母亲小时候，外公是一名果农，日出而作，日落而息。有时，外公会去外地销售水果，每次回来，他都会给舅舅、大姨和母亲带小礼物。三个小孩常守在门口翘首以盼，然后怀着十二分的期待，看外公一面和外婆叨叨，一面从行李箱中掏出衣服，掏出洗漱用品，最后拿出一个纸袋，从里面掏出几个青苹果或一袋奶糖。母亲说青苹果咬起来很脆，那是她吃过的最好吃的苹果。

读小学时，母亲经常帮外婆称量村民收割的水果。她扫一眼，快速估出水果的重量，把合适的秤砣放在秤杆上，再看一眼横标显示的刻度及砝码，便能准确地口算出水果的重量。村里人常对外婆说："龙生龙，凤生凤，你女儿将来肯定有出息！"母亲当时得意了好久。

母亲常跟我讲一个奇妙的比喻。她说，现在的商品房就像一叠垒得高高的小笼包蒸笼，每户人家都是一个独立的小蒸笼，可能有时住了一年，还不知道自己楼上那户人家长啥样。母亲很怀念小时候住的村子，怀念那些夸她会有出息的村民，怀念那时每户人家的柴门为每个人敞开。村里人路过家门口时，总要打个招呼，闲聊几句。哪家今晚煎了牡蛎煎总不瞒过街坊，还没出锅灶台边就围了一圈馋嘴又胆大的小孩。母亲就是那群小孩里的一个。

那样的村子里，乡亲开口找人帮忙从不扭捏，欠下的人情都记在心里，下次帮回来就是了。母亲十四五岁时，母亲的爷爷，也就是我的外曾祖父，已经八十多了，但只要村里人一开口，他二话不说，就牵着自己放养的老牛去帮他们耕田。烈日下，他在肩上搭一条蓝色毛巾，一边吆喝老牛耕田，一边扯下毛巾，擦掉额头和肩膀上的汗。做完农活，他就牵着老牛，慢悠悠地踱到村里的小溪旁，舒舒服服地用清凉的溪水洗脸。外曾祖父在母亲高中时离世了，他耕田和洗脸的场景成了母亲关于他最鲜明的回忆。

外公后来到外面做生意，有一阶段经营得不错。母亲说过，村里的第一台彩色电视机就是外公买的。那时，每到傍晚，村里人便端着地瓜粥、扛着板凳，三三两两结伴走来。大家围在电视机前，好奇而兴奋。胆大的就走上前东摸摸、西瞧瞧，皮一点的还没看上电视就已经激动得满屋子跑，怪叫、撒欢。母亲机灵，学东西快，看了说明书，又实操了两次，便能很熟练地开机、调音量、换频道。母亲在众人期待的目光中将电视打开了，最吵闹的孩子也安静下来，自己找了把板凳坐下。二十来个人挤在小小的屋子里，眼睛紧紧盯着屏幕，看得入迷的甚至顾不上喝粥，好像电视机放的不是动画、电影、电视剧，而是一个新的世界。直至窗外的满天繁星寂静地灿烂着，人群才渐渐散去，一路闲聊，笑声回荡在空落的村道上。今天，彩色电视机已不再稀奇，却再没有哪一台电视节目能让母亲看得那么津津有味。那些兴奋的怪叫、琐碎的闲聊、热烘烘的空气、不小心打翻的地瓜粥，连同那段热闹、欢腾的、质朴地幸福着的时光，被封存于名为记忆的冰块里，到现在还在母亲心里清晰地闪烁着。

欢笑有很多，眼泪也不少。

有一年春节，在外经商的外公托亲戚捎了七八千元给家里。外婆去取钱时，亲戚支支吾吾，含糊其词，翻来覆去地说下车才发现钱不见了，应该是在火车上被人偷了，此外再说不出个所以然。外婆一言不发地回到家里，厨房已只剩半桶米。那年除夕夜，三姐弟和外婆喝白粥、嚼萝卜干，胡乱吃了几口自家种的蔬菜，便闷闷不乐地睡去。因为丢了钱，没法偿还村民的货款，一整个春节外婆心里都过意不去。

当时，外婆外公都忙于农活和经商。三姐弟放学后，还要喂鸡、耙草、拔草、剁猪食、煮粥、挑水。舅舅爱读书，又是家中最小的孩子，重活做得少；大姨年纪最大，包揽了大多数脏活、累活。有一次大姨剁猪食时剁到了手指。母亲说，仔细看就会发现大姨左手的食指上，到现在还有一条长长的疤痕。

晚上做完家务，三姐弟把课本和练习册摊在床上，蹲在床边，在昏黄的灯光下一笔一画地写。在那些无风的静夜，当母亲望向卧室窗外，村里家家插上门栓，熄灯闭火，群山隐匿在月色中，只有满天繁星寂静地灿烂着。街道冷落，偶尔传出两三声狗吠。她在吠声中清醒过来，揉揉眼睛，又认认真真写题。有时大姨写着写着，困得睁不开眼，趴在床沿上睡着了，手里还握着笔。母亲和舅舅望着她熟睡的样子，心里涌起一阵愧疚。

有一件事让母亲内疚至今。有一次，外婆急着到七里铺门店收购香蕉。正值南方雨季，动辄暴雨倾盆。母亲的雨伞伞骨生了锈，撑不开，急着让外婆顺路买把雨伞回来。外婆说现在收购水

果，家里手头紧，让母亲先和大姨凑合着一起，便匆匆忙忙地出
了门。母亲望着外婆的背影，一跺脚，又气又急地骂了一句。母
亲就后悔了，怨自己气晕了头。那天，母亲割了草，喂了猪食，
煮了粥，姐弟三人吃完晚饭，外婆还没回来。大姨擦了桌子，洗
了碗，母亲把给外婆留的那份粥热了又热，外婆还没回来。大姨
和舅舅上楼去写作业了。母亲一个人留在厨房，守着灶台，想着
自己早上气急了骂人的话。粥热了又凉，凉了又热，自责和恐惧
像海浪一次又一次拍打母亲的心房。晚上九点左右，与母亲同去
收购的乡亲来了，说外婆在回来的国道上出了车祸，已经送进县
医院了。那一刻，母亲定在原地，脑袋"嗡嗡"地响着。母亲央
求乡亲带她去县医院。那会去一趟县里要折腾半天，天又晚了，
走夜路不安全。乡亲犯了难，思来想去，答应母亲第二天一早就
带她去县里，又宽慰了几句，说外婆伤得不重，让母亲先去睡，
这样明早赶路才有精神。母亲彻夜未眠，翻来覆去，听着村道上
半夜两三声犬吠，听着草丛里蟋蟀尖细的叫声，一直到鸡鸣。

　　幸运的是，外婆只伤到了脚踝，经过一段时间的治疗便出院
回家。一句话的冲动差点酿成母亲一生的伤痛。她开始懂得，
"爱"就一个字，但很难说出口；难听的话在生气时却可以脱口
而出。一家人能平平安安地在一起，再困苦的生活也是幸福而闪
亮的。

　　母亲很少讲这些，她说得最多的还是童年的青苹果、电视机
和有趣的乡亲。那些质朴而明亮的日子也有幽暗和隐晦，母亲没
有忘记，只是让时光静静地流淌，洗涤尘垢，冲淡苦涩，用一家
人一路相互扶持的无言的默契，圆满那些过往的缺憾与愧疚。

　　童年悄悄溜走，母亲上了中学。从村里到镇上的中学要翻过
一座小山丘。晨曦渐露，晚春橙子花和柚子花的花香迎面飘来，

她一路走来，手持抄满英语单词的小本，小声哼读。山丘上总有一个男孩大声朗读英语。那男孩是母亲的后桌，初中毕业时，曾腼腆地送给母亲一本《名言锦句》。

想起有一次整理东西，翻出父母的同学录、成绩单、笔记本若干。母亲坐在一旁，笑着拿出其中一本，翻开递给我。泛黄的书页上，一行行清秀的字记录着好句好段和诗歌，宣告着母亲曾有的少女情怀。

那是母亲的少年时代。

后来，母亲从农村中学考上县城一中，背起行囊，开始了寄宿生活。一间大宿舍里住十来个人，床挨着床，没有柜子和书桌，地上摆满了脸盆、水桶和热水瓶，连走路都要小心翼翼地踮起脚尖。当时，母亲和一个舍友很要好。舍友皮肤黝黑，留着一头利落的短发，笑起来露出一口洁白的牙齿。她爱吃鱼，大家都唤她"猫儿"。母亲常和她在早上五点起床，洗漱完毕，到走廊上读英语。母亲至今仍记得，那些夏天的清晨，一中的凤凰花烧出一树热烈的火红，那样骄傲而炽热的生命，仿佛连花瓣都是滚烫的。

舅舅比母亲小三岁，母亲上高三那年，舅舅也到县城一中读高一。每逢周末，舅舅总要留校，骑着破旧的自行车，到县城的旧书行翻找想要的参考书和习题册。母亲读书也认真，但没有舅舅那么刻苦。她每个周末都要回家，回家看电视，回家睡懒觉，回家吃好吃的。这是独属于母亲的奇异的松弛感。她说，高考前外公有点紧张，特地从村里赶到县城找班主任了解情况。班主任说她是稳稳当当的大专苗。母亲倒一直保持着她的松弛感。她在心里盘算着，要是考不上大学，她就去深圳打工，毕竟天无绝人之路。

　　许是心态平稳，母亲高考发挥得还不错。她考上了本科，最后却选择了一所专科的学校。当时，外婆想让母亲像表姨一样成为一名老师，母亲却坚定地在提前批志愿填下省内公安高等专科学校。母亲说，选志愿的时候，她常常想起1992年那个阴云密布的午后。外公为摩托车被盗的邻居打抱不平，却被偷窃车辆的混混找上门来。那伙人提着菜刀，凶神恶煞地冲进门时，还在上初中的母亲甚至不敢哭喊。外婆赶忙把几个孩子往楼上推。姐弟三人跟跄着走上台阶，颤抖着手打开阳台门，藏在阳台角落里瑟瑟发抖。不知过了多久，亲戚邻里赶来，混混才终于离开。母亲麻木地跟在外婆身后下楼。直到大姨惊呼起来，她才察觉到嘴里的血腥味——嘴唇被她咬破了一大块，鲜血直流。或许就是那天晚上，一个念头在母亲心中萌发——她要当警察，保护许许多多像外公一样的人。

　　同一县城考上公安高等专科学校的学生成立了一个"老乡会"。收到大学录取通知书后，大二大三的师兄上门祝贺，给母亲介绍大学生活。大家都做了自我介绍，其中就有我的父亲。父亲当时又瘦又高，穿着一件洗得发白的衬衫，有些腼腆地笑着。那是他们的初遇。

　　暑假过去，母亲踏上了通往大学的路。她既激动，又紧张，好奇这崭新的一页上，时间会记录下什么。首先是长达一个月的军训。连续站军姿，常常有人站着站着就晕倒了。母亲咬紧牙关，一声不吭，任凭汗水顺着脸颊淌下。每天傍晚，军训结束，母亲顾不上洗澡，就与舍友一起飞奔向食堂。一碗米饭、一个包子、一份黄瓜炒肉，运气好时排队轮到自己还能加个红烧上排犒劳自己，饭后再去小卖部买个特香包，便是令人心满意足的一餐。母亲对外面的饭菜总是很挑剔，不是说这家多油，就是说那家盐放太多，但她始终坚称大学食堂的饭菜好吃。那些疲惫却始终斗志昂扬的日子，那些年轻的、充满活力的日子，那些经由岁月淘洗的琐碎的欢欣至今仍在母亲记忆深处闪闪发光。

2001年，母亲毕业了。父亲比母亲早一年毕业，已经考上了公务员。母亲在家备考的日子，父亲通过电话耐心辅导，传授备考的经验。原本只在老乡会上见过几面的父亲母亲，逐渐有了共同话题。渐渐地，母亲和父亲的电话一打便是两三个小时，两人似乎有说不完的话。有时，一天不通电话，母亲心里便像缺了一角，空落落的。听到父亲的声音从电话那端传出，母亲的嘴角便忍不住上扬，心情也晴朗起来。

母亲卧室的书桌上摆着一副相框，相框里夹着一朵干玫瑰。玫瑰花褪去了热烈的红色，被时光染成深褐，花朵却仍饱满地盛放着，花瓣层层叠叠，叶片边缘的锯齿状轮廓清晰可见。这是母亲收到的第一束红玫瑰，它和那段明亮而浪漫的回忆一道，被母亲永久地珍藏。

卧室床头柜里珍藏着一支钢笔。母亲公务员笔试的前一天，利用假期在漳州打工的父亲专程赶到母亲家里。父亲跑向在门口张望的母亲，气喘吁吁地递来一支钢笔。父亲说，用这支笔考试一定能考好。

有一次回老家，路上经过一条山路，目之所及不是两旁郁郁葱葱的林木，就是弯弯曲曲、不断向前延展的水泥路。我靠在母亲的肩上，不时抱怨着头晕。母亲说，她当年和父亲谈恋爱时，这是他们约会的必经之路。她坐在父亲的摩托车后座，风从她的耳边呼啸而过，吹起她的发梢。两旁的树木"沙沙"作响，像是压低声音欢笑。她把头靠在父亲的肩上，希望这条山路没有尽头，好让她把这一刻无限延长。

他们最后抵达海滩，两人手牵手，在沙滩上散步，玩累了就躺在一块大礁石上休息，说着闲话，直到日落，直到明月从海上升起。

后来，我出生了。母亲的生活逐渐有了柴米油盐酱醋茶。母亲坐月子时，我昼夜不分，白天睡觉，晚上清醒。母亲把我抱在怀里，轻轻地拍着我，温柔地哼着摇篮曲。她困得直打哈欠，想坐在沙发上睡一会。可是刚把我放到自己的小床上或者交给父亲，我又号啕大哭起来。母亲只好又把我抱起来，在客厅里缓缓踱步。我瞪着眼睛，好奇地盯着她，盯着客厅里的摆设，丝毫没有休息的打算。有时，我一整晚没睡，母亲也一整晚没睡。

……

从我记事时，母亲已过而立之年。我从生活的表象去看母亲的后半生，对她的忙碌、疲倦、聒噪和时有时无的情绪化习以为常，而下意识地略去她的沉默、她的热烈、她静夜里的敏感和埋在她心里属于她的诗篇。我时常觉得母亲不了解我，其实我更不了解她。她亲眼见证并亲自参与了我的成长，看我从一个爱笑爱哭的小女孩变成一个喜怒不形于色的孤僻而敏感的青年。而我只能从她的只言片语中窥探她成长的轨迹。

我不知道如何用漫画式的手法去刻画母亲。她那么普通，又那么与众不同。那么多琐碎平凡却又独一无二的日常，那么多属于她纯净的欢欣、细微的失落和尖锐的痛苦，共同造就了一个复杂、饱满、不可替代的她。

我尝试通过追溯母亲的前半生，理解母亲后半生的行为选择背后的逻辑。她是怎样成长，怎样去爱，怎样受伤，我努力从她的讲述中模糊地感知。

十七年来，她见证者着、记录着我成长的一点一滴，却渐渐模糊了自己的过去。问起她童年的细节，她想了许久，最后叹了口气："记不得了。"

结婚十年的纪念日，父亲买了一条项链送给母亲。母亲说，她都要忘了。父亲却说他一直记在心里，只是在等。母亲提起这件事时，眼睛仍是亮晶晶的。当爱年深月久成了生活的一部分，父亲帮母亲拾起那些被遗忘在岁月中的最初的浪漫。

岁月不居，时节如流，我和母亲不过是伫立岸边的行人，望着那些细微的欢欣、失落与怅惘在江水中翻滚、消散，依依不舍又无可奈何。我无法阻挡奔腾的江水，只好学着父亲，用稚嫩的文字，不自量力地打捞那些琐碎的日常，妄图为母亲留住些许往日的微芒。

食堂阿姨的馈赠

疫情形势严峻，学校也封闭起来。周六傍晚，我没骨头似的趴在课桌上，百无聊赖地转着手中的笔，琢磨着东山封岛的消息和母亲的归期。

不觉已六点过半，我抓起雨伞便冲向食堂。暮色四合，路灯投下惨白的光柱，映出随风纷扬的细斜雨丝。寒风从领口灌进外套，伞也险些被图书馆前游荡的狂风吹折。迎面而来的高中生三五成群，兴致勃勃地谈着周六的讲座和电影。

手脚冰冷地赶到食堂，窗口只余残羹冷炙，我点了样青菜，兴致索然地在角落坐下。吃到一半，砂锅窗口旁的仓门打开了，涌出一批端着餐盘的食堂阿姨和厨师。阿姨们摘了口罩和帽子，被汗水浸湿的头发紧紧黏在前额上。她们围坐在一起，笑得开怀。桌上的餐盘里清一色放着两个不锈钢碗，一只盛白米饭，一只盛满了蔫巴巴的小油菜，用筷子一扒拉，隐约可见碗底的两三块排骨。这些阿姨从五点站到六点半，捺着性子从一个窗口绕到另一窗口打菜，却吃不上一口热乎的晚饭。

两个阿姨把碗推到中间，你给我舀一勺，我给你夹一筷。分拣了几个回合后，一旁的阿姨忍不住凑过去："哩俩在匆虾米(做什么)？"两人停了筷子，道："瓦爱甲叶柄，伊爱甲菜叶，我俩分着甲哩。"说罢便夹一筷菜叶和饭吃，不时攀谈几句，眼中盈满了笑意。"哎哟，哩共（你说）瓦安怎给忘了。"左边的阿姨用筷子一敲桌沿，惊呼起来，"瓦晚耐（原来）要用手机拍晚饭给瓦女娃看噫。"便掏出手机，兴致勃勃地拍视频，录语音。屏幕发出的微光映在她脸上，她的眼角写满了细密的幸福。

我静静坐着，低头听着。想起那些蜜糖色的周末时光——小城和煦的阳光笑着，从天上跌落下来，穿过楼房的鳞隙，映得窗棂熠熠生辉。巷子里流淌着轻柔的琴声，桌上是冒着热气的饭菜——宫保鸡丁，蒜蓉虾，青瓜竹荪汤……都是母亲的拿手好菜。母亲总是边解围裙，边对早已食指大动的我说："诶诶诶，等等，你爸今天值班，只好在单位吃咸饭，咱快拍张照馋馋他！"

"同学，哩在想虾米？安怎不甲饭？"抬起头，眼前是阿姨们满怀关切的和善的面容。我一时语塞，不知所言。"瓦，瓦没想虾米。"许久，我才挤出一句干巴巴的话。许是察觉到我的不自在，阿姨抿抿嘴唇，转而问道："哩手边那瓶是虾米？矮厚呷嘛？（会好吃吗）""嗯，青柠汁，我爸托人寄的。"阿姨的眼睛登时亮起来，赶忙用手机拍下商标："柠檬噢，同学，谢谢你哇！瓦女娃就爱甲酸，伊要回来，瓦想给伊惊喜。生活嘛，开心重要嘞！""哎相片传瓦一张，瓦也要给娃一点改变。"另一个阿姨也凑过来。大家笑得开怀，旋即讲起各家娃的事来。

我不禁莞尔，想起上学期一个留校的周末。我用了将近半天的时间写一篇长书评，已是晚上十点，我却还在为结尾绞尽脑汁。桌边的废纸团累积起来，我愈加烦躁，却倔强地坚持着。"诶，同学，你怎么还在这？"门口传来一个洪亮有力的声音。抬头一看，是来巡逻的保安，灰白的头发像麦茬一样直立着，古铜色的皮肤，平整的深黑执勤服，看上去不苟言笑。我心里发怵，赶忙收拾书包，关了教室门窗。走到楼梯口，灯已全熄。正要踏入那伸手不见五指的黑暗里，本已继续巡逻的保安却一路小跑，折返回来："同学，楼道没灯，不安全嘞！我开个手电筒，你再走吧！"手电筒白晃晃的光照着楼道，也打在心里，灿若白昼。

我总觉得，我从食堂阿姨和保安那里，得到了宝贵的馈赠。他们都是平凡人，幸福的平凡人，温暖的平凡人。他们辛劳地活在这世上，心却总向着明亮那方，于是，他们自己也成了一道微光——赠我以满怀对万事万物的热情和善意，让我心中所有的不安与忧郁，都如恍遇阳光的积雪缓慢地消融，渗出一种更为明亮坚定的力量——这世上还有这么多人平和而温暖，我走下去便充满了力量。

温　　暖

　　虽然是大热天，但空调将热浪击得溃败不堪。步入大厅，冷气袭来，我不由得打了个寒战。

　　望着前排严肃的评委老师，我心里一阵忐忑，手中的演讲稿被我捏得皱巴巴的。"你手怎么这么冷？是不是这儿空调太冷了？"小素从背包里拿出她的空调衣，"披上吧。我耐冻，用不着。"她调皮地冲我眨眨眼睛。

　　"嘿，外套也披上了，你手还是这么冷！你不会是紧张吧？小比赛，怕什么！都练这么多次了，不会有差池的，你放心好了。待会比完了我请你吃饭，就去你最爱的那家火锅店。"小素握着我的手，笑着说。她的笑容就像春日清晨的暖阳，一点一点融化了我心上的寒冰。温暖，从她的手心迅速传到我的心底。

　　"嘀嗒——嘀嗒——"时钟上的指针毫不留情地走着。选手们站在聚光灯下，自信而从容。"他们身上有光。"我的头垂得更低了。"不，不是他们有光，是自信有光。我相信你身上也有光。"小素坚定地说，每一个字都落在我的心上。

　　"有请9号选手上台。"尽管一再告诉自己不要紧张，但当我直视现场数百名观众时，我仍被莫名的恐惧死死抓住，手不自觉地绞着衣角，声音越来越小。余光中，我瞥见评委的眉毛皱起来。

我的心咯噔一下，竟忘了要讲什么。

"温暖是——"场内忽然变得安静，我听得见自己的呼吸声，很急促。

第一秒——指导老师的话犹在耳畔："千万不要忘词，忘词会被直接淘汰。"一种濒临绝境的恐惧袭上我的心头。

第二秒——我看到母亲正焦灼地皱着眉头，眼里满是担忧。

第三秒——观众们露出不耐烦的神色，从口袋里掏出手机。

第四秒——我看见评委们失望地摇头。

第五秒——主持人开始倒数，我的心一个劲地往下沉。

第六秒——我看见了小素，我看见她努力地把手举高，竖起大拇指。我看到她夸张地做着口形，一遍遍地重复："加油，我相信你。"

"我相信你。"简单的一句话，却让聚光灯下不知所措的我徒增一丝温暖。这一点遥远的光亮，在我心上却像太阳一样，照亮了一切，温暖了一切。

所有的恐惧、紧张和焦灼，都如恍遇阳光的白雪，融化，渗出一种明亮的力量。想起上台前的每次练习，当我遇到瓶颈，缩在自卑的阴影里，她总对我说："我相信你。"她的鼓励带来的温暖，让我相信自己能做到，让我从初赛走到现在。

"三、二——"主持人的倒数仍在继续。

我深深地呼吸，努力使自己镇静。

"温暖是——"一抬头，我又看见了小素温暖的笑容和期待的目光。

　　"温暖就是当你绝望、紧张、恐惧、自卑时，仍有人给你一个结实的拥抱，一个温暖的眼神，告诉你'我相信你'……"

小翊的贺卡

"姐姐,生日快乐!"我的表妹小翊庄重地将一张淡蓝色贺卡递给我。打开一看,贺卡里粘着几朵皱巴巴的纸花,潦草地画着两个手牵手的小人,正中间写着几个张牙舞爪的大字"生日快乐"。

我摸着她的头说"谢谢",又装出惊奇的样子,"想不到小翊做手工这么厉害啊——"她却像害羞了似的,一蹦一跳地跑开了。

我将贺卡胡乱塞进书包,到二楼的书房去写作业。半小时后,黑笔没水了,我开始翻箱倒柜地找笔芯。当我拉开第三个抽屉时,映入眼帘的是几十张五颜六色的卡片。"这是什么?"在好奇心的驱使下,我打开了那些卡片。

第一张上画着一个"怒发冲冠"的小人,第二张上的小人的腿是两个长方形,第三张上的小人有一张大饼脸,第四张上的小人没有脖子……"或许是小翊无聊时随手画的吧。"我自言自语道。一张一张地翻看下去,画上的小人由一个变成两个,小人旁有了花朵和草地。当我翻到最后几张时,画上出现了几个歪歪扭扭好像快要倒下的大字——"生日快乐"。我从未想到，那一张笨拙的贺卡背后，是几十张更笨拙的贺卡和无数次的尝试。

望着卡片上用蜡笔涂抹的花花绿绿的颜色，我想起了几天前的不愉快。那天，小翊缠着大姨要蜡笔，大姨不买，她便拿了我的蜡笔用，还把不少蜡笔折成了两截。一股无法抑制的怒火在我心里燃起，这可是我参加绘画比赛的奖品，她竟拿去画小人……望着散落一地的蜡笔，我按捺不住的怒火像火山一样爆发了。我冷着脸，从小翊手里夺过蜡笔。大姨责备她不懂事，她似乎想说什么，最终什么也没说，低着头，大颗大颗的泪珠在她鼻梁两侧滚动。谁知她拿蜡笔是为了做贺卡呢？我的心像压上了铅块，沉甸甸的满是惭愧。

从书包里小心翼翼地拿出贺卡，它已经被我的书压得皱巴巴。仔细一看，两个手牵手的小人下分别写着"我"和"月"，字歪歪斜斜的，却写得十分用心，一笔一画都刻到了纸背。忽然想起夏天的傍晚，我和小翊在漳江旁散步，她的小手攥着我的食指。大姨问她最喜欢谁，她毫不迟疑地说出我的名字。想起伤心的时候，她在一旁静静地陪着我，把头靠在我的肩上，像我哄她睡觉时一样，用食指轻轻地在我手掌上画圈。

我久久望着那张贺卡，小翊向日葵般灿烂的笑脸就这样浮现在我眼前。

拾　起

　　我从未想过再次见到这块巨石。

　　它静静地伫立在小花园一角，一个投放废弃衣物的绿皮箱旁。阳光将树上的一枚枚叶子顺次点亮，树影摇曳，铜钱大小的光斑在它身上流转。而它怡然不动，与周围的草木间似有一种无言的默契。

　　记忆的闸门忽然打开。小时候，街角那户人家门口有一块巨石。半丈高，质地光滑，表面布满黄豆大小的凹槽。街上的孩子赛跑，总是规定先碰到巨石的获胜。我们站在白粉笔画出的起跑线上，用凶狠的目光紧紧盯住那块巨石。而它气定神闲，同肩上的麻雀一道看热闹。打团战时，巨石是我们的堡垒和议事总部。大家屏息凝神紧贴其背，等待时机重击"敌方"。手心的汗印在石上，留下湿漉漉的痕迹。一仗打完，便都没骨头似的瘫在石上。

　　八月的小城堪比烧透了的砖窑，白天的空气仿佛凝固，黏糊糊地附着在皮肤上。每当这时，我便格外期待夏夜。吃过晚饭，大人们多在门口泡茶纳凉，孩子们三三两两捧着西瓜走向街角。

巨石冰凉，躺上去再惬意不过。仰倒时，映入眼帘是整片夏夜的星空。满天繁星寂静地灿烂着，像是冻在冰块中，清晰而纯净。偶有晚风吹动白云，一同漫步。云多薄如蝉翼，羽毛般、棉絮般轻盈。

奶奶把脚搁在竹凳上，靠着躺椅，摇着蒲扇。她从口袋里掏出大把糖果，挨个按到孩子们的手心。花花绿绿的玻璃纸剥起来发出脆脆的声响。在一片窸窣声中，奶奶开始讲《西游记》。她对那些故事了如指掌，连玄奘的乳名和金箍棒的重量都一清二楚。

小城的灯火像远飞的萤火虫，逐渐消失在静夜里。唯有满空的星月明亮着，洒落细细的光明。我枕着胳膊，听着故事，便进入梦乡。

后来，街角人家为方便车辆停靠，决定将巨石搬走。无风的静夜，几个孩子偷偷从家里溜出来，向即将坐在清晨的卡车上离开的它作别。淡淡的月光透过云层，洒向大地，像是升腾起一片薄薄的银雾。街道冷落，偶尔传出三两声狗吠。行人已绝，一条街像是大了好几倍，变得空旷。我们静默着，神色庄重地将手放到巨石上，最后一次触摸那坑坑洼洼的石壁。邻居家刚学笛的女孩低着头，极为生疏地吹起一曲《送别》，曲毕，相视无言，便各自归家，街中唯余清晰而渺远的足音。现在想来，那日的送别仪式难免有些傻气，当时却只觉月色很美，笛声也悠扬。

后来，街头巷尾的伙伴相继搬迁，时间一长便也失了联络。后来，我总一个人在房间里，听歌，看书，观影，自娱自乐。我也有了学业要顾虑，不再消磨一个下午的时光找四叶草，或躲在被窝里看一整晚的《水浒》。奶奶步履渐蹒跚，驼着背，在岁月的重压下一点点地变矮，拄着拐杖站在我身旁时已比我低了一个头。她不再讲《西游记》的故事，嘴里总念叨："人老了，不中用了。"不知几次，我将《西游记》的播出时间表打印出来，对照着调换电视频道。然后把遥控器塞给她，便独自回了房间。下楼拿牛奶时，我看见她坐在沙发一角，蜷缩着身子。孙悟空挥着手里的金箍棒，大喊："俺老孙来也。"而她怔怔地望着，不为所动，像是出了神。屏幕的微光映在她脸上，她的神色写满了落寞。后来，老家的房子翻新了，奶奶也回了乡。

眼前的巨石仍静静伫立着。几年光阴流逝，它不知为何又被运到了这里。灰白的石壁，被云雾和时间洗过，流露出一种沧桑的神色。阳光落在它身上，也落在我微微仰起的脸上。静静的，暖暖的，我沉浮的心也静了下来，泛起春天般明媚、柔和的气息。我靠着它坐下，回想着从前的点滴，小心翼翼地拾起那些过往，那对万事万物的情，那纯真的情和那简单而深刻的幸福。恍觉自己疲惫地生活了太久，心中装满太多的功利与烦忧，幸福的位置变得小了，对万物的好奇、对人事的关怀也慢慢褪了色。

走在路上，心中保持原状原色的东西又能有多少呢？索性总有事物如礁石，伫立在时间的洪流中，提醒我们拾起那些遗失的珍贵，告诉我们最初为何出发。当阳光在树梢上流逸，不妨停下脚步，卸下尘土般的疲惫，拾起那些在流年中消逝的事物，或是最初清澈的目光，或是孩童时明亮的精神。

呦
呦
鹿
鸣

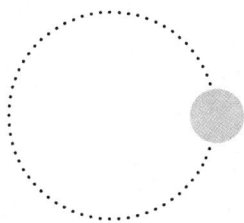

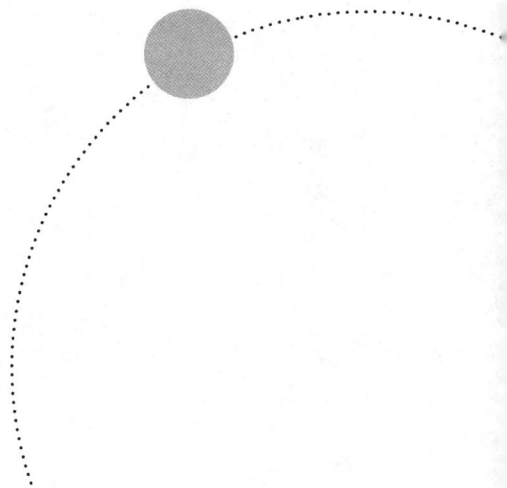

无力抗争而不甘沉沦

——读《兰亭集序》

魏晋名士是无力抗争又不甘沉沦的。

他们大多本有匡扶天下的入世抱负和自我实现的执着追求，但在门阀士族政治盛行、战乱、政权频繁更迭的时代背景下，他们无法改变黑暗的社会现实，无法以治世的方式实现个人价值，而又始终对社会现实不满，不愿放弃个人操守，"随其流而扬其波"。

《兰亭集序》的第一段，以"崇山峻岭""茂林修竹""清流激湍"展现人清洁的精神，传达高洁雅致的人事之乐。所写虽是清幽宁和之景，但王羲之内心的情绪并不如此恬淡安宁。"一觞一咏，亦足以畅叙幽情"，幽情，是不能快意直言、宣之于众的幽微之情，是不可摊晒于阳光之下的内心深处的隐晦与皎洁，是无法表达亦无法忘却，久萦于心而难以宣泄的郁积之情。鲍照《拟行路难》便有对"幽情"的详细阐发。"泻水置平地，各自东西南北流。人生亦有命，安能行叹复坐愁。"门阀制度的重压令诗人的自我实现受阻，他不甘认命，却难以凭一己之力反抗时代巨轮的倾轧，因而陷入"行叹复坐愁"的愁闷与纠结之中。

"酌酒以自宽，举杯断绝歌路难。心非木石岂无感？吞声踯躅不敢言。"诗人本想借酒消愁，在沉沦中忘却苦恼，逃避现实，可酒入愁肠，麻痹了身体，却无法麻痹意志。他的精神仍清醒地痛苦着，因不甘心认命、不甘沉沦于诗酒之中而更加痛苦。迫于政治的压力，诗人不敢袒露心中的郁结，只好"吞声踯躅"，独自承受精神上尖锐的痛苦，在愁闷中自我煎熬。王羲之的幽情，大抵也是这样一种曲折、纠结、"剪不断、理还乱"的情感。

王羲之的幽情可能是动乱时代中人无法自主掌控命运的无奈与悲切。战乱迭起，政权频繁更替，人口频繁迁徙，人难以为自己的生命掌舵，只好任由个体生命之扁舟随时代惊涛骇浪飘荡，提防着随时可能到来的倾覆。王羲之出生时正值"八王之乱"，司马氏宗室为争夺中央政权兵戎相见，北方大动乱，王羲之五岁时便随家人渡江南下。永嘉三年，王羲之的父亲王旷领兵救壶关，大败后下落不明。父亲的失踪成为王羲之一生的隐痛。公元356年，也就是创作《兰亭集序》后的第三年，王羲之得知琅琊王氏家族在邙山的祖坟被毁，却不能亲自赶去整修，痛心疾首，夜不能寐，写下了著名的《丧乱帖》。在动乱的魏晋，王羲之无法掌控生死这样的人生大事，甚至连整修祖坟的意愿都受环境拂逆。

王羲之的幽情也可能是理想与现实难以调和的痛苦。王羲之生在晋朝最负盛名的琅琊王氏家族。西晋时，门阀政治初步形成，世家大族控制了选官权，累世公卿。家族子弟在朝为官与家族利益密切相关。王羲之虽对仕途兴趣不大，却抵不过长辈的要求和朝廷的征辟。二十三岁时，王羲之出仕任秘书郎，开始了他三十年的宦海生涯。王羲之并非没有政治眼光和军事才能。幼年时，其父王旷在抗击外敌的战争中失踪。王羲之为报父仇，自十岁开始就研读兵书，对姜太公兵法、孙子兵法、诸葛亮兵法等熟记于胸，后又向多年带兵的郗鉴太尉求教用兵之道，历任宁远将军、护军将军、右军将军。大将军殷浩草率出兵北伐，王羲之两度致信劝谏："使君千里奔袭，以己之短，击敌之长，因操之过急，既无庙算，又少后备，加之桓温制约，朝中文武持疑，恐有不测之变故……以吾之见，勿逞一时之强，暂缓北伐。伏乞明鉴。"又上书会稽王司马昱："以区区吴越经纬天下十分之九，不亡何待！"殷浩不以为然，兵败后被废为庶人，不久病逝。战乱带来无尽的悲欢离合，加之官场几十年中处处受到制约，王羲之郁郁不得志。永和十一年，他带领全家在父母坟前烧香礼拜，发誓永不做官，结束了自己的仕宦生活。辞官而去的王羲之携家眷隐居浙江金庭，寄情于山水与笔墨之间，"建书楼，植桑果，教子弟，赋诗文，作书画，以放鹅弋钓为娱"。当时道教上清派主张通过清净存神来达到恬淡虚无的神仙境界，与魏晋时期的清谈之风合拍。王羲之将多位上清派宗师引为同道，晚年曾与道士许迈共同修炼，炼制丹药，"采药石不远千里，遍游东中诸郡，穷诸名山，泛沧海"。但在政治理想与人生意义上，王羲之对道家的虚无主义持反对态度。魏晋时期，玄学清谈盛行一时。东晋偏安一隅，士族从东晋政权中分享到部分权力，沉醉于骄奢淫逸的生活，并不打算有所作为，不想率军北伐收复故土。他们崇尚清谈，多以庄子的"齐物论"为托词，故作放旷而不屑事功。王羲之对这股清谈之风颇为不满。他曾与太傅谢安共登冶城，谢安"悠然远想，有高世之志"。他却对谢安说："今四郊多垒，宜人人自效，而虚谈废务，浮文妨要，恐非当今所宜。"在《兰亭集序》中，他同样直言："固知一死生为虚诞，齐彭殇为妄作。"约公元358年，王羲之离世前三年，谢万升任豫州都督，即将北伐前燕。王羲之认为谢万没有将帅之才，致信谢万："愿君每与士之下者同，则尽善矣。食不二味，居不重席，此复何有，而古人以为美谈。济否所由，实在积小以致高大，君其存之。"谢万不听劝诫，兵败被废为庶人。王羲之晚年寄情于山水与笔墨，不再为官，立遗嘱拒绝朝廷的封赠，但也并非完全不关心国事。他在永和十一年发誓永不为官，可能是因为他对仕途本身兴趣不大，也可能是因为在三十年的宦海生涯中，政治理想与官场现实的冲突早已令他身心俱疲。无论是劝谏殷浩，还是致信谢万，历史已经证实，王羲之的看法有切中肯綮之处。但殷浩、谢万的不以为然，让王羲之的直言相劝终成徒劳。他提倡的实干的政治态度也与当时士族故作放旷而不屑事功的风气相悖。东晋的上流社会中洋溢着醉生梦死的气氛，王羲之登高远望时"虚谈废务，浮文妨要，恐非当今所宜"的慨叹无法对抗时代，改变社会。上流社会还是一如既往地运转着，在靡靡之音中走向腐朽与衰亡。这是时代巨轮倾轧而下时个体的渺小与无奈。

王羲之与鲍照的幽情，都承载了他们身上一部分无法表达的自我，都蕴含了他们自我挣扎时曲折而微妙的心态。而在他们的时代，这种挣扎常常表现为积极的政治、人生理想与黑暗的社会现实无法调和的痛苦。在政治环境险恶、人事无常的魏晋，"群贤毕至，少长咸集"的集会实乃难得。王羲之想沉浸在"一觞一咏"带来的清淡欢愉中，借人事之乐排解内心郁结，暂时忘却社会的烦恼和精神的痛苦。奈何"幽情"时来挑拨他的心弦，他终究难以抑制内心的挣扎，无法回归心灵的平静。

王羲之意欲从这种痛苦中解脱，而他的方式是将目光从自身投向广阔的天地。从具象的"崇山峻岭、茂林修竹"到抽象的"宇宙之大""品类之盛"，第二段的意境显然比第一段更为开阔。将个人置身于天地之间，一方面可以从"每览昔人兴感之由，若合一契"的过程中联通古人，获取精神共鸣，减轻"众人皆醉我独醒"，在社会纷扰之中茕茕孑立的孤独感和无力感。另一面可从远视人生，宽慰自己，个体生命微渺的悲喜在广阔的天地和无尽的时间中，不过是青草叶尖一露珠，转瞬即逝，不足为之烦心。纵目观赏"宇宙之大""品类之盛"亦可净化心灵。在目睹了太多尔虞我诈、兵戈相向、争权夺利的闹剧后，人的双目和心灵早已蒙上厚厚的尘垢。"宇宙之大""品类之盛"不仅可以开畅胸怀，更可濯洗心灵，让人性在回归自然的过程中得到舒展，让精神在淡泊物欲的视听体验中不断丰盈。"仰观宇宙之大，俯察品类之盛，所以游目骋怀，信可乐也"。此乐是将个体扩充到宇宙，由有我之境跃入无我之境的天人合一之乐。

而对美好的事物，人总是不免忧心它们的消亡。第三段中"取诸怀抱"和"因寄所托"两类人在差异性中蕴含着同一性——即悲喜随外界条件的改变而变化。"向之所欣，俯仰之间，已为陈迹"，由兴盛迅速衰落、消逝的事物可能是凋零的草木、腐朽的楼阁等生活中的具体事物，也可能就是修禊之日的流觞曲水。在那样一个动荡不安的时代，个体生命如一叶行于波涛汹涌的大海的扁舟，随时代的风浪颠沛流离。人事的无常使人生发了无法自主掌控自己命运的无力感，更觉集会不仅要有"群贤毕至，少长咸集"的人和，还要有天时、地利，进而产生下次集会不知何时，各抒怀抱、归复自然的清欢不得永续的怅惘。或许，王羲之还可能担心，在世俗的风尘之中，在环境的压迫之下，人清洁的精神是否会沾染尘垢，个体的精神家园能否抵挡时代的冲击、免于崩塌的命运。美的事物是难留住的。恢宏的庙宇在风雨的侵蚀下终将化作腐烂的木材，内心的信念倘若担不起外界的腐蚀，经不起时间的考验，也将化为"陈迹"。而人的生命，正如王羲之所言，"况修短随化，终归于尽"，无论如何蓬勃、如何鲜妍，终将化作虚无。这是横亘在所有个体生命面前的困局，是人力无法战胜的必然的悲剧。

正如王羲之在最后一段所写"后之视今，亦犹今之视昔，悲夫"！从古至今、至后，自我实现的理想与黑暗的社会现实无法调和带来的痛苦，"欲道不甘，欲儒不得"的彷徨带来的痛苦，生与死、人事与天命的冲突带来的痛苦，塑造了一群无力反抗又不甘沉沦的士人、文人，形成种种力求超脱痛苦、突破困局的尝试。其一便是王羲之所写的"因寄所托，放浪形骸之外"，具体表现为通过饮酒等方式逃离井然有序的世俗，在摆脱拘束、混乱、无序的状态下尽情宣泄内心压抑已久的情感，赋予那部分因与世俗格格不入而无法表达的自我以生命，让人性得以舒展，或通过饮酒、服药等方式麻痹自我，逃避现实社会的烦恼。魏晋名士盛行服食五石散，长期服食后药物反应强烈，内热难耐，不得不着宽衣、穿木屐以散热。可见相比于肉体上的痛苦，精神上的痛苦要尖锐得多。除饮酒、服药等具象的行为，不少人将某种抽象的信念作为寄托。《兰亭集序》第三段的"当其欣于所遇，暂得于己，快然自足，不知老之将至；及其所之既倦，情随事迁，感慨系之矣"，让我想起《岳阳楼记》中范仲淹笔下的迁客骚人面对"阴风怒号，浊浪排空"，便"有去国怀乡，忧谗畏讥，满目萧然，感极而悲者"；面对"春和景明，波澜不惊"，便"有心旷神怡，宠辱偕忘，把酒临风，其喜洋洋者"。迁客骚人的览物之情随景物的变化而变化，与"情随事迁"在本质上是相通的，即内心感受随外界条件的变化而转换。这种情况下，人的精神状态极易受境遇影响。在政治黑暗、思治而不得的环境中，人的自我实现受阻，心中往往郁积许多对现实的不满和志不得骋的愤懑。人寻求各种方式以超越这种痛苦，抵达"不以物喜，不以己悲"的高远的人生境界。不论是"先天下之忧而忧，后天下之乐而乐"，还是"一死生，齐彭殇"，都是构筑独立于外界的精神家园以在任何境遇求得内心的自适。范仲淹的选择是"先天下之忧而忧，后天下之乐而乐"，这是由小我向大我的转变，从有我到无我的超越。摒弃个人得失生发的悲喜，代之以天下治乱带来的忧乐，范仲淹得以"居庙堂之高则忧其民，处江湖之远则忧其君"，无论受贬还是升迁，无论逆境还是顺境，他都能保持内心的平静，以坦然应对生命升降起落的韧性执着地追求自我实现。范仲淹的方式是儒士的方式，而魏晋名士的方式则更倾向于道家。他们从《庄子》中得到启发，将死和生、长寿和短命等同起来，以超越"修短随化，终期于尽"的痛苦。人是需求的集合体，欲望是人行为的一大驱动力。人有匡扶天下的自我实现的需求，当这种需求受到黑暗的政治环境的拂逆而无法实现时，人便陷入了匮乏的痛苦中；人有对生的最质朴的渴求，但战乱动荡的社会环境让人时有性命不虞的风险，人想保全自我却无力控制命运。人事与天命的冲突让人痛苦万分，那些对生的欲望强烈、对生命爱得深沉的人更是如此。魏晋名士看淡了名和利，看淡了生与死，摒弃了一切欲求，达到了无我的境界。但摒却欲望后的空虚和"欲道不甘，欲儒不得"的彷徨时来挑拨，他们的内心未必真的安宁。

王羲之在尾段直言"固知一死生为虚诞，齐彭殇为妄作"。他对生命有深沉的热爱，因此认为将生和死等同起来的说法是虚妄而不真实的。那么魏晋名士又真能承受从一切欲望中超脱后的空虚吗？或许，魏晋名士沉湎于玄学，是为了缓解精神上尖锐的痛苦。而他们精神痛苦的根源，正是对生命的热爱，是对生命意义执着的追寻。当一个真正珍视生命的人在环境的压迫下不得不放弃对生的执着，将生、死等同起来以求摆脱"修短随化、终期于尽"的痛苦，心平气和地接受命运无常的安排，当一个人从执着地追寻转向无奈地释怀，因拿不起而选择放下，他的内心必定极为纠结。这是王羲之之"悲"，是那些为生与死、出世与入世而挣扎的人们共同的无奈之悲。

最后，王羲之写道："后之视今，亦犹今之视昔，悲夫！故列叙时人，录其所述，虽世殊事异，所以兴怀，其致一也。后之览者，亦将有感于斯文。"他希望"后之览者"不再重蹈前人的覆辙，陷入相似的生命困境之中。而他对"一死生，齐彭殇"的否定态度，似乎也在暗示后人寻找属于自己觅渡的信念，追求更积极的生命意义，开拓一条走出生命困境的新路，书写新的历史。钱理群教授在评析鲁迅先生的作品时，曾提出冻灭与烧完两个概念。在冰冷的大环境下，消亡是生命必然的结局，在走向这一必然结局的过程中，人可以选择冻灭，也可以选择烧完。区别在于，冻灭的生命徒有空壳，僵化、空虚而无光影的跃动。烧完的生命虽同样"终期于尽"，但燃烧时绽放的片刻光彩足以充实生命。我想，王羲之是支持"烧完"的，他厌恶"一死生，齐彭殇"的空虚，不甘向痛苦屈服，在玄学中逃避现实，虚化生命。他在精神的痛苦中真切地感知自己的存在，并用力图突破生命困局的挣扎与抗争充实自己的生命。有痛苦、有挣扎的生命是真实的，直面痛苦、于沉沦中奋起的生命是有力的。

古希腊神话中有个英雄叫西西弗斯。每当伤痕累累的他把巨石推上顶峰后，巨石就会从他手中滑落，滚到谷底。西西弗斯永远处于苦难的循环中，接受着无休止的惩罚。即使巨石一次次滚落，西西弗斯仍可以选择为爬上山顶斗争，以坚忍的姿态傲视命运的无常与荒谬。就个人而言，烧完便是一种西西弗斯式的反抗。倘若将目光由个人扩展到人这一群体，在时间的长河中，"后之视今，亦犹今之视昔"，生与死、出世与入世间的矛盾与挣扎，个人与环境间的冲突与斗争已成为古人、今人、后人共同的生命困境，这是令人绝望的历史轮回之悲。当王羲之写下"后之览者，亦将有览于斯文"时，或许他内心希望，尽管这历史的巨石一次又一次地滚落，后人仍有勇气与韧性再次从山脚出发，延续这推石上山的抗争，在突破自身生命困境的同时打破历史的无尽轮回。

冯友兰在《论风流》中指出，真名士，必有玄心，有洞见，有妙赏，有深情。王羲之的深情或许就在洞见了大时代里个体生命的悲剧和大时空中历史轮回的悲剧后，依然有对生命深沉的热爱和对古往今来"人"这一群体真诚的关怀。

在扎实的生活中寻找意义

在《归去来兮辞》中，陶渊明写道："倚南窗以寄傲，审容膝之易安。"窃以为这是对他生命态度极好的写照。"寄傲"自不必多说，那是他不与当权者合作的坚决、不与世俗同流合污的孤高，是千帆历尽后仍未泯灭的锋芒。而"易安"似乎复杂得多。

我想，"易安"并非向命运妥协的苟且，心甘情愿地接受命运的安排而不做任何反抗的软弱。一个人反抗环境的逼迫大抵有两种方式。一种是改变世界，另一种是不让世界改变自己。前者是大刀阔斧的改革家，是开拓新境的先锋者，是救天下于水火的仁人志士……他们是儒家积极入世、匡扶天下的理念的践行者，其自我实现是个人价值与社会价值的统一。后者亦是对自我坚守与实现，但往往因只"独善其身"、未"兼济天下"而受质疑，在世俗的眼光中颇有"消极避世""苟且""保全"的色彩。屈原勤于修德、直言进谏却屡遭放逐，最后行吟江畔，抱石投水而死。有人认为屈原选择投江，不能再为社会创造更多的价值，是消极避世的体现。屈原之死固然有对黑暗的社会环境的绝望，但将屈原投江的原因归结为匡扶天下的理想受阻后的心灰意冷或走投无路的无可奈何,恐不合宜。屈原之死不是向世俗投降,恰恰相反,是以死明志,是无法改变世俗后不愿让世俗改变自我的抗争。陶渊明的"易安"亦是如此。相比屈原投江,归隐田园似乎是更温和的选择。但两者都是"世与我相违"的背景下逃离世俗以使自我精神家园免于崩塌的努力。于社会层面,这样的选择是对现实的消极回避,而于个人层面,这样的选择是坚守自我的积极抗争。因此,"审容膝之易安"不失为安于自我精神家园的自适的智慧。

陶渊明和竹林七贤亦有相似之处。他们都对生命有深沉的热爱,都追求人性的自由与解放,正是这种热爱激发了他们对人生、对命运的无限悲慨。"昔年十四五,志尚好诗书。被褐怀珠玉,颜闵相与期。"阮籍年少时曾立志成为安贫乐道、品德高尚的儒士,他曾登广武城,观楚、汉古战场,慨叹"时无英雄,使竖子成名!""少年罕人事,游好在六经",陶渊明亦自幼修习儒家经典,有过"猛志逸四海,骞翮思远翥"的志向。阮籍有"夜中不能寐,起坐弹鸣琴"的忧思与徘徊,陶渊明有"岁月掷人去,有志不获骋"的彷徨与悲慨。当强烈的自我实现的意志受到社会环境的拂逆与压抑,他们都选择逃离黑暗的政治生活以坚守在一己境遇中选择一己生存态度的自由。他们有同样不为浊世所容的正直人格和向往无君之治的政治理想,也都有借归隐田园、饮酒服药以逃避俗世纷争的自我保全之举。但在对生命的态度上,竹林七贤"一死生,齐彭殇",其思想在一定程度上具有虚无主义的色彩。而陶渊明则更倾向于在扎实的生活中寻找意义,在匮乏与无聊中寻找平衡。一虚一实,不尽相同。

陶渊明的田园并不是独立于世俗之外的乌托邦,他对世俗并非一味排斥，而是有取有舍。他"质性自然，非矫厉所得"，厌弃"为五斗米折腰"、心为形役的世俗官场生活，但也珍视"僮仆欢迎，稚子候门"的温馨，"有酒盈樽"惬意，"悦亲戚之情话"的真诚，"农人告余以春及"的关切，珍视世俗的日常生活中平淡而纯真的美好。陶渊明的"返自然"不是将自己与世界割裂，而是逃离世俗对人性的禁锢，在保持个体的独立与完整的基础上重新建立自我与世界真诚的联结。

人是需求的集合体。匮乏与无聊是人生状态的两极。当人的需求从未或很少得到满足时，人便为匮乏所苦，在欲望的驱使下不断奔波，在劳苦中浑浑噩噩地度过一生，落入心为形役的误区。当人的需求得到充分的满足，或人完全摒弃了欲望，无所欲而无所求，丧失了欲望这一行为的内在驱动力，人便容易陷入无所事事的无聊与空虚中。《水调歌头》中苏轼叹惋："我欲乘风归去，又恐琼楼玉宇，高处不胜寒。"那完全超脱于世俗欲望的琼楼，难免滋生"虚无"的寒意。"但愿人长久，千里共婵娟"，可见他终究无法割舍对人间的热爱与眷恋。

陶渊明亦是如此。有酒可以喝，有人可以讲心里话，有饭食可以满足温饱，这些都是欲望。但这些欲望是闲散平淡的渴求，而非目的性极强的执念；是顺应人性的质朴自然的渴望，有未经世俗功利之心扭曲的纯真。这样的欲望带来的不是志不获骋的痛苦，不是心为形役的悲剧，而是清淡的欢愉，是扎实生活的意义。或登临高地放声长啸，或倚靠棍杖除草培土，他在山水田园中找到了自我，找到了精神的自由、灵魂的安适，找到了一种不悖乎人性的生活方式——即在匮乏与无聊中寻找平衡。不同于魏晋名士"飘飘然如遗世独立，羽化而登仙"的超脱，陶渊明重拾内心平静的方式是"人间有味是清欢"，是在苍茫而轻柔的生活中寻找简单而深刻的幸福。

陶渊明的诗意是在生活的风尘中开出的花朵。他的生活并非纯净美好的田园牧歌。有"采菊东篱下，悠然见南山"的悠然心会，还有"晨兴理荒秽，戴月荷锄归"的辛劳，"种豆南山下，草盛豆苗稀"的无奈，"敝庐交悲风，荒草没前庭"的落寞，"孟公不在兹，终以翳吾情"的孤独，"岁月掷人去，有志不获骋"的悲愤……正是这些现实的无奈、繁琐与艰辛，内心的冲突、痛苦与挣扎，构成了陶渊明真实而饱满的田园生活，也构成了一个完整而深刻的陶渊明。所谓扎实，不仅是在平凡的生活中寻找生命本真的美好，还是在对痛苦的开放性体验中品尝生活苦涩与甜蜜交织的本味，更是"乐夫天命复奚疑"，在看清生活的真相后依然热爱生活，在辛勤劳作的同时诗意栖居。

"寄傲"和"易安"亦是陶渊明身上儒、道二家思想融合的见证。魏晋南北朝时，三教鼎立，思想文化多元化。东汉末兴起的中国本土宗教道教在民间广为传播，并受到儒学的影响，主张"贵儒"和"尊道"。佛教在中国盛行，也吸收了儒、道的思想，渐趋本土化。作为主流统治思想的儒学，自身开始吸收佛教和道教的精神，有了新的发展。三教鼎立的文化氛围在陶渊明的身上留下了时代的烙印。

陶渊明崇尚老庄的自然美学观，传世诗文共一百四十余篇，引用《列子》《庄子》中的典故多达七十次。陶渊明受道家思想影响，回归大自然，摆脱现实社会的喧扰纷争，在田园中找到了属于他的不悖乎人性的生活方式和生存哲学，让精神世界在同自然浑然契合的过程中抵达物化忘我的高远境界。道家思想对陶渊明独特的"自然哲学"影响深远，而正是这套独属于他的"自然哲学"，让他得以抛弃世俗标准，在自己建构的坐标系中重新认识自我与世界，"审容膝之易安"。

而儒家思想让陶渊明在时代困境中，在现实生活的困窘与孤独中，不失超越之精神和向上之韧性。在《饮酒·十六》中陶渊明先说"少年罕人事，游好在六经"，后又陈明心志"竟抱固穷节，饥寒饱所更"。"固穷"出自《论语·卫灵公》"君子固穷，小人穷斯滥矣"，意为品德高尚的人即便穷困，也能固守清高的节操，而品德卑劣的人一旦穷困，就会胡作非为。陶渊明的动人之处，在他"悠然见南山"的至闲至静、物我合一，更在他掷地有声的"衣沾不足惜，但使愿无违"。"衣沾不足惜"便是一种安于清贫的"固穷"的气节。肉体的辛劳不足叹息，重要的是心中的一泓清泉不能没有月辉。陶渊明辞掉彭泽县令后的隐居生活接近于一般农民，从"草盛豆苗稀""敝庐交悲风，荒草没前庭"中，可见他也曾陷入饥寒交迫的窘境。正是儒士"固穷"的气节，让陶渊明得以坦然应对生命的升降起落，在困苦的境遇中坚守一己态度和生活方式。于是他"倚南窗以寄傲"，在满是风尘的生活中，毅然牺牲物质享受以守护精神的清洁与自由。"易安"的生命态度看似消极，其实有着"寄傲"这一积极的精神内核支撑。"消极其表，积极其里"，不仅是陶渊明的心境，更是中国古代不少文人雅士共有的心境。

消极其表表现为向往无为、隐居避世的价值选择和出于世的人生态度。陶渊明有"人生无根蒂，飘如陌上尘"的慨叹，有"岁月掷人去，有志不获骋"的彷徨，亦有"聊乘化以归尽，乐夫天命复奚疑"的旷达，有"开荒南野际，守拙归园田"的决绝。一如贾谊在《鵩鸟赋》中慨叹"命不可说兮，孰知其极""愚士系俗兮，窘若囚拘"，深感于天命之无常与个体之微妙，怅叹众生为财、名、权、命所累，向往"寥廓忽荒兮，与道翱翔"，欲作"遗物""无累""知命不忧"之至人，顺应自然，遗世独立。他们怅惘世事变迁，死生无常，从对个体生命短促的忧虑中超脱，抵达乐天安命的平静。他们苦于才能受屈，志不得骋，不甘沉沦，又无力抗争，人生漫漫路途上的种种遗恨，激发他们对超然物外、逍遥无为的向往。于是，陶渊明选择不再出仕，摒弃世俗，在田园中重建他生命的坐标系。"易安"闪烁的是道家"无功""无名""无为"的出于世的自由，乍一看，似乎与儒家"修身齐家治国平天下"的理想和"明知不可为而为之"的气节相悖，有逃避现实、顺天应命的消极色彩。

而"消极其表"的"易安"，其实有着"寄傲"这一积极的精神内核，即透视时代的理性和借精神自由超越现实困境的智慧。陶渊明曾多次陈明自己出仕的原因——"此行谁使然？似为饥所驱""亲故多劝余为长吏，脱然有怀""尝从人事，皆口腹自役"。似乎出仕只是为了养家糊口。但无论是追忆年少时光的"少年罕人事，游好在六经""猛志逸四海，骞翮思远翥"，还是四十岁辞官后写下的"先师遗训，余岂之坠？四十无闻，斯不足畏""日月掷人去，有志不获骋。念此怀悲凄，终晓不能静"和慷慨悲壮的《咏荆轲》《感士不遇赋》，都在提醒我们，陶渊明曾有建功立业、匡时济世的入世的抱负，他的仕进之心和疾恶除暴之心在他辞官隐居后仍未泯灭。《感士不遇赋》中提到的士正直耿介的人生操守与"屈意从人"的官场之风的矛盾，"正身俟时"、静待机遇的希冀与人生短促、命运无常的矛盾，其实都是个人价值追求与社会环境的冲突。"鬼神之不能正人事之变戾兮，圣贤亦不能开愚夫之违惑"，鬼神和圣贤对这个时代的迷惘、动乱和世间的种种丑恶尚且无能为力，何况力量微渺的人类个体。陶渊明并非消极地回避现实，恰恰相反，他有匡时济世的热情，也有对官场与社会的洞察。"真风告逝，大伪斯兴"，他难以凭一己之力改变伪诈污浊的世俗，又不愿随俗浮沉，汩泥扬波，不肯忍尤攘诟，屈从于官场的黑暗、社会的阴晦。政治理想、行为准则与社会现实的冲突或许是陶渊明辞官归隐的真实原因。因而其看似消极的出世之举，实则蕴藏着积极的对自我的坚守和对社会的洞察与批判，这是陶渊明的"傲"。屈原在《离骚》中慨叹"固时俗之工巧兮，偭规矩而改错。背绳墨以追曲兮，竞周容以为度"，他清醒地认识到，污浊的社会环境造成个体行为准则的丧失，世俗本是适于投机取巧的，无视道义、精于欺诈的张仪等人左右逢源，自己志洁行廉，却不见容。屈原冷静地审视自身所处的社会环境，其行吟泽畔、自我放逐的出于世的行为选择，是在"举世浑浊而我独清，众人皆醉而我独醒"的时代背景下，坚守自身之正道的无奈之举。自我放逐的"消极"背后，是陶渊明与屈原对环境局限性的清醒认知和对自身超越时代的价值追求的笃定，以及由此生发的特立独行、不与世俗同流合污的孤勇与自由。

隐居后，陶渊明在田园生活中建构他的自然哲学，用他内心的精神力量超越现实困境，在人与自然的和谐统一中求得心灵的自适。他的自然哲学不仅为他带来了积极的生命意义，也为后人的审美与生活提供了另一种可能。

儒道的冲突与交融贯穿了陶渊明的一生。"倚南窗以寄傲"中的"傲"究竟是隐者的气节还是儒士的气节？"审容膝之易安"中的"易安"究竟是隐者顺应本心、复归自然的自适还是儒士的"君子固穷"的安贫乐道？在我看来，陶渊明一生都处在"欲道不甘，欲儒不得"的挣扎中。他感愤于政治与社会的黑暗，选择洁身自好，隐居田园，躬耕自资。政治理想与官场现实的冲突让陶渊明"欲儒不得"。归隐田园似乎是倾向道家的人生选择。但在辞官隐居后，陶渊明并未泯灭儒士的仕进之心与济世之志。从陶渊明归隐后创作的诗文来看，陶渊明晚年仍有强烈的儒士的忧患意识。他写"日月掷人去，有志不获骋。念此怀悲凄，终晓不能静"，他忧"前途当几许，未知止泊处。古人惜寸阴，念此使人惧"，他悲"徂年既流，业不增旧。志彼不舍，安此日富"，他叹"盛年不重来，一日难再晨。及时当勉励，岁月不待人"……陶渊明的忧患意识蕴藏在他对时节如流、人生短促、年老力衰而功业未成的悲慨。在"未知止泊处"一句中，陶渊明直言不知何处是自己的归宿。已过知命之年的陶渊明内心并不安宁，他仍在彷徨，追问着生命的意义。如果陶渊明安于道家的"无功""无名""无为"，乐天安命，将田园作为自己唯一的精神家园和最终的生命归宿，或许他便不会有"未知止泊处"的迷惘。他的彷徨根源于儒与道的冲突。对于出仕之心和济世之志，陶渊明拿不起亦放不下。他欲作为而不能，欲超脱而不得，在人生的岔路口踯躅不前。《左传》有言："太上有立德，其次有立功，其次有立言，虽久不废，此之谓不朽。"而道家"一死生，齐彭殇"，无所谓朽不朽。这三不朽是儒士的人生追求。陶渊明可以"立言"，却不能"立功"，又在迟暮之年决定"立德"。他在晚年所作的《感士不遇赋》中写道："孰若返身于素业兮，莫随世而轮转。虽矫情而获百利兮，复不如正心而归一善。"素业，旧时多指儒业。他终究无法放下儒士的抱负，决定返身于素业，将道德自我完善作为人生追求。三不朽是永恒的功业，足以超越个体有限的生命，彪炳史册，辉耀后世。倘若真能达到三不朽，完成自我实现，或许陶渊明也不会悲慨岁月不居，忧思年老体衰。陶渊明晚年常常悲慨时光流逝之迅疾，"寸光阴"的敏感与"气力渐衰损"的惆怅中，蕴藏着他只得修身而无法治世的不甘和奋发进取以实现生命价值的热切。如果说陶渊明所寄之傲是儒士的气节，所求之安是道家的无为，那"欲道不甘，欲儒不得"或许就是社会价值实现层面的"寄傲"与个人精神追求层面的"易安"的冲突。有些时人将儒家学说作为政权正统性的依据或争权夺利的工具，看似热衷于儒家思想，实则不然。而陶渊明因儒士高洁的政治理想与官场现实冲突而自断仕进之路，看似摒弃了儒家思想和儒士抱负，实则亦不然。他不愿与当权者合作之"傲"可以看作对混乱黑暗的政治社会的批判和对儒士崇高的人生追求的坚守。他在饥寒交迫的隐居生活中坚守君子固穷的气节，在年老力衰的迟暮之年立下勤勉修德的志向。儒家思想与道家思想共同支撑着陶渊明的行为选择，成为他不可或缺的人生底色之一。

在动乱的魏晋，陶渊明是一块嶙峋的怪石，坚硬而有棱角，在时代洪流的冲击下努力维护自我精神家园的稳定。但这块坚硬的石头上亦有柔美的纹理，那是他对人世、对生活的深沉的热爱，亦是让他得以坦然应对生命升降起落的韧性。

本我，自我，超我

——读《苏武传》

卫律、李陵、苏武是一个人的本我、自我、超我。从人物形象的塑造上看，卫律和苏武都是单一的扁平人物，李陵是复杂的圆形人物。

卫律劝降苏武时说："苏君，律前负汉归匈奴，幸蒙大恩，赐号称王。拥众数万，马畜弥山，富贵如此！苏君今日降，明日复然。空以身膏草野，谁复知之！"得意之情溢于言表。卫律先前感谢武帝恩惠时，用的想必也是"幸蒙大恩，赐号称王"这一类说辞。其实他既不忠于武帝，也不忠于单于，他效忠的是名与利，是当权者手中决人生死的权力。一番利诱后，他威逼苏武："今不听吾计，后虽欲复见我，尚可得乎？"卫律不认为自己是卑鄙的，也不觉得苏武是高尚的。传统伦理道德秩序在他身上已经失效了，他没有羞耻之心，没有思想包袱。卫律的生命是轻飘飘的，他代表的是人性中追逐欲望与快感的本我。而苏武面对威逼利诱仍不改气节，操持汉朝旌节牧羊于北海，牦尾尽落而本心不移，无怨无悔。他身上闪烁的是纯粹的忠君爱国的精神。他代表的是人性中向往崇高的超我。

卑鄙的卫律有堕落沉沦的快感，高尚的苏武有坚忍斗争的幸福，而无力抗争又不甘沉沦的李陵却因自我的撕裂而痛苦。李陵向汉武帝自请率领步兵五千人以少击众，直捣单于军营。几番激战后，单于"召八万余骑攻陵"。面对匈奴的围击，走投无路的李陵在战死、投降、自杀等等中选择了投降，最后病死匈奴。

在忠国方面，相比苏武，李陵的选择体现出一定的自我狭隘性与局限性。苏武面对卫律的劝降，骂道："且单于信汝，使决人死生，不平心持正，反欲斗两主，观祸败。若知我不降明，欲令两国相攻，匈奴之祸，从我始矣。"苏武深知汉使在外代表的是汉朝的形象，汉使外交上的失误可能引发对外关系的冲突，祸国殃民。这一番考量足以表现苏武将国家利益置于个人利益之上的超我的大局观。反观李陵，他不像卫律那般利欲熏心，却又无法同苏武一样置个人利益于不顾。他爱惜他的性命，牵挂他的家人，难以超越一己私利，为国为民挺膺担当。当个人利益与国家利益相契合，他愿为国出征以实现个人价值与社会价值的统一；但当个人利益与国家利益相冲突，他又不愿让个人利益为国家利益让步，为保全性命叛主负汉，仕于匈奴。他虽有"以少击众，步兵五千人涉单于庭"的雄心，却无"杖汉节牧羊，卧起操持，节旄尽落"的担当。与苏武饮酒时，他劝苏武："终不得归汉，空自苦亡人之地，信义安所见乎？"小我的狭隘让李陵无法理解苏武"空自苦亡人之地"的行为动机。苏武拒绝投降，自我放逐于荒无人烟的北海，并不是想赢取皇帝的赞赏、获得天下人的钦佩。他在乎的不是社会的认同，而是在痛苦的坚守与斗争中践行自我价值追求，丰盈生命意义。对苏武而言，这种坚忍的反抗出于他内心纯粹而坚定的忠君爱国的信念和对这一自我准则执着的坚守。李陵的自我没有苏武的超我那么纯粹超脱。李陵小我的陕隘性决定了他面对环境逼迫时的软弱性，让他有了无力抗争而屈从于命运安排的一面。而在他投降匈奴后，皇帝先是震怒，后又后悔没有解救李陵。受任出击匈奴解救李陵的公孙敖无功而返，告诉皇帝："捕得生口，言李陵教单于为兵以备汉军。"皇帝于是诛杀李陵九族。一开始，李陵出于小我的狭隘性与软弱性，兵败后选择投降匈奴。待到没入匈奴后，他至死不曾归汉，兑现他"思一得当以报汉"的承诺的原因则更为复杂。李陵投降匈奴后的种种遭遇早已不在他的掌控之中。救援的军队迟迟不至，"帝怒甚""群臣皆罪陵""上于是族陵家"……在汉朝，他早已被定为乱臣贼子，受万人唾弃。归去后，迎接他又会是怎样的血雨腥风呢？命运的不可控是李陵无力抗争的另一个原因。

《苏武传》《答苏武书》《别歌》中几次出现："陵始降时，忽忽如狂，自痛负汉，加以老母系保宫。""上念老母，临年被戮；妻子无辜，并为鲸鲵""老母已死，虽欲报恩将安归？"至亲之人被诛杀，国虽在，家已不在，迎接他的可能只是皇帝的猜忌、群臣的唾骂。向后看，李陵已没有退路；而向前看，李陵亦难觅出路。卫律投降匈奴后很快便沉溺在"马畜弥山"的物质享受和"拥众数万"的权力带来的快感中。《苏武传》中记载："单于以女妻陵，立为右校王，与卫律皆贵用事。"《资治通鉴·汉纪》中记载："匈奴使大将与李陵将三万余骑追汉军，转战九日。"尽管同卫律一般受到单于重用，李陵却始终无法放下思想包袱，安于眼前的荣华富贵。他自述始至匈奴时"忽忽如狂"，精神极为痛苦，内心十分冲突。传统的伦理道德秩序和忠君爱国的士人行为准则在李陵身上并未完全失效。当卫律毫无羞耻之心地沉沦于堕落的快感中，李陵正清醒地咀嚼着坠落的痛苦。在与苏武饮酒时，他说："人生如朝露，何久自苦如此！"在他看来，人生如青草叶尖一露水，转瞬即逝，微渺无常。为"拥众数万，马畜弥山"而春风得意的卫律自然不会有这样消极的想法。他的生活充斥着物质与权力带来的享受，有比纯澈的朝露冗杂得多的内容。受单于重用后，他更觉自己尊贵非凡，高人一等，自我生命认知亦随之膨胀。"杖汉节牧羊，卧起操持，节旄尽落"的苏武也不会有这样的想法。于他而言，忠君爱国的信念是高于个人福祉的至上良知，日复一日的坚忍的斗争足以让他在践行自我价值追求的过程中，体悟到在一己境遇中选择一己生存方式的扎扎实实的自由与幸福。对他而言，每天的生活都有实实在在的生命意义，而不是如同朝露，转眼便消散于天地间，再无痕迹。李陵之所以悲慨"人生如朝露"，是因为他始终无法完全背叛传统的伦理道德秩序和忠君爱国的行为准则，始终无法将为匈奴政权出谋划策、统兵作战作为自我实现的方式，始终无法在当下的生活中找到生命的意义。往后看，横亘着血海深仇和乱臣贼子的诅咒，归复汉朝的道路早已荒草蔓生，不可复寻。向前看，纷扬着内心的风雪，效力匈奴的道路隐于迷雾之中，令人彷徨不前。归汉？还是归匈奴？李陵无所适从。好比自绝文化之根的蓬草，在命运的裹挟下四处流浪，却始终找不到可以重新扎根的地方。精神找不到归宿的李陵陷入了内心的空虚中。曹操在《短歌行》中写道："对酒当歌，人生几何！譬如朝露，去日苦多。"正因为渴求一统天下，意欲有所作为，曹操才会如此悲痛地叹息人生短暂，年华渐逝而功业未成。在朝露易干、人生苦短的悲慨之中，蕴藏着的其实是对建功立业、自我实现的执着追求，可谓"消极其表，积极其里"。也正是因为对生命有真挚的热爱，对自我实现有执着的追求，李陵才会在进退两难、无法一展才华和抱负的处境中陷入绝望与空虚。不甘沉沦是李陵发出"人生如朝露"的悲慨的深层原因。

在忠君忠国方面,卫律既不忠君亦不忠国,只单纯地忠于利益与权力。而苏武既有忠国的大局观,又有"臣事君,犹子事父也"的忠君思想。在忠国方面,相比苏武,李陵不愿为国家利益牺牲个人利益,具有小我的局限性。而在忠君方面,劝说苏武时,李陵说:"且陛下春秋高,法令亡常,大臣亡罪夷灭者数十家,安危不可知,子卿尚复谁为乎?"虽说中国古代"父为家君,君为国父,君父同伦",但父与子的关系是血缘关系,君与臣的关系是基于传统伦理道德秩序的契约关系。君为臣提供施展政治才能与抱负的平台,臣为君提供治国平天下的计策,这是君臣契约关系的理想状态。在李陵看来,汉武帝法无常准,滥杀无辜,并不真正爱惜那些为他效力的肱股之臣,因而不值得臣子牺牲个人利益为他守节效忠。在忠君方面,李陵的想法体现了一定的平等意识、自我意识和对中国古代君臣关系的反思。而苏武的答复:"武父子亡功德,皆为陛下所成就,位列将,爵通侯,兄弟亲近,常愿肝脑涂地。今得杀身自效,虽蒙斧钺汤镬,诚甘乐之。臣事君,犹子事父也。子为父死,亡所恨,愿无复再言!"在某种程度上有愚忠色彩,体现了一定的时代局限性。

《苏武传》中记载:"久之单于使陵至海上,为武置酒设乐……陵与武饮数日。"这场持续了数日的对饮与交谈是李陵与苏武的对话,亦是李陵、苏武与自我的对话。李陵一再对苏武说:"子卿壹听陵言!"因为他试图说服的,不仅是苏武,更是自己的良知,是他自我中深受传统伦理道德熏陶的那一部分,是他自我中向往超我、渴望崇高的那一部分。而苏武骂卫律:"汝为人臣子,不顾恩义,畔主背亲,为降虏于蛮夷,何以汝为见?"却愿与李陵"饮数日"。因为他不仅在与李陵对谈,也在与超我之外，那个或许也曾在北海寂寥的夜里彷徨的自我对谈，并在这样的对谈中获得心灵的共鸣。向李陵陈明心志过程，亦是苏武力图以大我超越小我的过程。苏武的信念在正视自己人格中的小我、力图剔除灵魂腐肉的努力中愈发坚定。

宴饮最后，陵见其至诚，喟然叹曰："嗟乎，义士！陵与卫律之罪上通于天！""因泣下沾衿，与武决去。"李陵泣下沾衿，因为他知道，他终究无法说服自己的良心，终究无法放弃对生命意义执着的追寻。他知道，他注定要在无力抗争又不甘沉沦的挣扎中了却余生。

仿佛永远分离，却又终身相依

——读《江城子》

江城子·乙卯正月二十日夜记梦

苏轼

十年生死两茫茫，不思量，自难忘。千里孤坟，无处话凄凉。纵使相逢应不识，尘满面，鬓如霜。

夜来幽梦忽还乡，小轩窗，正梳妆。相顾无言，惟有泪千行。料得年年肠断处，明月夜，短松冈。

在漫漫人生路上，苏轼与王弗仿佛永远分离，却又终身相依。

苏轼想象与亡妻在梦中相会，"相顾无言，惟有泪千行"，明明有那么多绵长的思念，那么多无处可言的凄凉，待到梦中相见，却无语凝噎。为何？或许是因为，十年来的思念在心中郁积、酝酿、饱胀，情绪充盈到了极点，反倒难凭只言片语表达。十年的挣扎与释怀、快意与彷徨都沉淀在心底，想要倾吐的有太多太多，竟不知从何说起。或许，苏轼在上片已经给出了答案："纵使相逢应不识，尘满面，鬓如霜。"变化的不仅仅是眼角的皱纹、鬓边的白发，更是苏轼千帆历尽后愈发成熟的内心。从

1065年王弗逝世，到1075年苏轼作《江城子》，已有十年光景。一如《苏东坡传》中所载，宋英宗治平三年（1066），苏洵病逝，苏轼、苏辙兄弟扶枢还乡，守孝三年。三年之后，苏轼还朝，震动朝野的王安石变法开始。苏轼的许多师友，包括当初赏识他的欧阳修在内，因反对新法而与新任宰相王安石政见不合，被迫离京。朝野旧雨凋零，苏轼眼中所见，已不是他二十岁时所见的"平和世界"。宋神宗熙宁四年（1071），苏轼上书谈论新法的弊病。王安石颇感愤怒，于是让御史谢景温在神宗面前陈说苏轼的过失。苏轼于是请求出京任职，被授为杭州通判。熙宁七年（1074）秋，苏轼调往密州任知州，不久写下此词。王弗的音容笑貌仍定格在她离世那一年，苏轼却不再是那一年的苏轼了。苏轼十年的生活再无王弗的参与，苏轼的挣扎再无王弗的宽慰，苏轼的成长再无王弗的见证。曾经亲密无间的二人间横亘了再难跨越的十年。"相顾无言"的沉默里，酝酿的是过去、现在、今后再难相伴而行，一同悲喜，一同沧桑，一同成长的无限怅惘。

"料得年年肠断处，明月夜，短松冈。"亡妻之坟在千里之外，但一想起，月光朗照松林的画面便浮现在眼前。冷色调的回忆中，忽然亮起一轮暖色调的明月。思念是酸涩的，孤坟是荒凉的，但"年年肠断处"的月亮是圆润的，月光是明亮的，月下的松林与山冈是静美的。正月十五后，月渐亏。《江城子》里正月二十日的张弦月，没有"缺月挂疏桐"的寂寥，没有"杨柳岸，晓风残月"的凄清，没有十五"明月未出群山高，瑞光千丈生白毫"的光芒万丈，没有元宵"月上柳梢头，人约黄昏后"的柔情蜜意。它不圆满，却也圆润可人；没有"瑞光千丈"，却也明亮温暖。或许，这里的明月承载的不仅是思念，还是曾经相濡以沫的生命旅途中细微的美好，是那些琐碎的恬淡而温馨的生活细节，是王弗曾给予苏轼的点滴感动和前行的力量。想起余华在谈论伟大作品对他的影响时说："我对那些伟大作品的每一次阅读，都会被它们带走。我就像是一个胆怯的孩子，小心翼翼地抓住它们的衣角，模仿着它们的步伐，在时间的长河里缓缓走去，那是温暖和百感交集的旅程。它们将我带走，然后又让我独自一人回去。当我回来之后，才知道它们已经永远和我在一起了。"我相信，所有触动我们内心的事物终将成为我们的一部分。王弗曾给予苏轼的理解、支持与慰藉成了他心底最柔软的一部分，从某种意义上说，她永远和苏轼在一起。或许，王弗就是苏轼笔下的那轮明月，一抬头便能望见，明亮的光彩丝毫不因如流的岁月而衰减。王弗无法再与苏轼携手同行，但她以另一种方式陪伴着苏轼满是风尘的旅途，润泽着苏轼饱经风霜的心灵。苏轼开篇写道："十年生死两茫茫，不思量，自难忘。"他从不刻意追思或感伤，因为关于王弗的一切早就成了他心里最柔软的一部分，想起她，便如举头望月，是自然而然，无须刻意的。即使不仰头观望，他也知道，月亮一直在那儿。因为他脚下茫茫的夜路，早已洒满了月的清辉。

归有光在《顶脊轩志》中忆及亡妻时曾写道："庭有枇杷树，吾妻死之年所手植也，已亭亭如盖矣。"有人说："枇杷树生命的起点，就是妻子生命的终点，从这个时间点往回溯，是无尽的却已永远凝固、不再更新的记忆。从这个时间点往后推，是永久的再无慰藉的别离。"苏轼面前同样横亘着不再生长的回忆。王弗的形象永远停留在"小轩窗，正梳妆"那一刻的风华，她无法再同苏轼一道"尘满面，鬓如霜"，无法再同他一道承受人世的残酷，分享生命的悲喜。

但向后看，漫长、曲折而孤独的生命旅途也并非全无慰藉。

苏轼在上片中写："千里孤坟，无处话凄凉。"这凄凉或许是幽远绵长的相思，或许是这一路走来的坎坷。一个人愿意向另一个人毫无保留地袒露自己的脆弱，是因为他们之间有在漫漫岁月中积淀的无言的默契与深厚的信任。苏轼曾写下"此心安处是吾乡"，从某种程度上说，王弗亦是他心灵的避难所，是他精神家园的一部分。在曲曲折折的人生路上，支撑苏轼走下去的，有他内心深处的力量，亦有那抹存在于记忆之中的皎洁。正因有了这些，他得以拥有坦然应对生命升降起落的韧性，历经诽谤、中伤、疏离、屈辱而不沾染丝毫戾气，始终平和而温暖，如明月，如"山头斜照"。

向 美 而 行

　　若要向美而行，首先要对美做诠释。对美的定义好比建筑的地基，是美的精神、美的意义等衍生概念的基础，也是向美而行的生长点。

　　美诞生于物我同一的境界中，是物的姿态与我的情趣碰撞、融合的产物。福楼拜在一封给女友的信中写道："我拼命工作，天天洗澡，不接待来访，不看报纸，按时看日出……"在清晨的薄雾和略含咸味的风中，当福楼拜眺望着远处刚苏醒的田野与树林、呼吸着有泥土气息的潮湿空气时，日出时鲜泽的橙红色光线鱼鳍般忽地拍打了他。他欣赏着自然最原始的力量，用他此刻的万千思绪赋予日出以美的意义。这种赋予是相互的，在这样一个纯澈而又满怀热望的早晨，他与日出相互占有了彼此，他的精神饱满、明亮如日出，红日赋予他生命扩展、延伸、自主发展的热切渴望。他的精神与红日一同上升，在更高处融为一体。他在这种愉悦的精神体验中获得了生命的启示。

　　这种存在于主客观之间的联系，在王开岭先生的《被占领的人》中亦有体现。他说，人像水蛭一样吸附在精神反对的、资本时代铺天盖地的"物"上，陷于物质享受的泥沼中，而无揪着自己的头发将自己拔出泥地的力量。这种占领与审美体验对立，却又分享着同一套机理。一个人占得越多，被占有的也越多。王开岭说，鸟从天空落到树上，又跌至地面，变成健硕丰满、油光可鉴的鸡，翅膀的梦被胃酸溶解了。地面占领了鸡，物质占领了人。占领的对象不同，生命的状态自然不一样。鸡占领的是"物"的实体，追求的是感官的愉悦。而鸟和事物形象的某种特质建立联系，向往精神的超越。物质是地面为鸡准备的诱饵，而纯粹的审美超越是鸟与天空的邂逅，有"鹏之徙于南冥也，水击三千里，抟扶摇而上者九万里，去以六月息者也"的恢宏浪漫。一味沉醉于物质享受，只会让人的心灵屈从于感官，因得不到滋养日益干涸。美是润泽生命的无用之大用，对美的追求维系着人与艺术相伴的尊严和清洁的精神。

美的精神是纯粹的、灵动的、热忱的。

美的精神，是纯粹的精神。在感知美的过程中，无论是脱离了意志和抽象思考的直觉，还是孤立绝缘的形象，都是纯粹的。直觉的纯粹在物我完全交融。但在现实生活中，物象往往不是孤立绝缘的，人常困于物象所联系的利害，专注于物象的实际功用，无暇顾及物象提供的审美可能。好比未来是当下的延续，人出于对未来的欲求，难免将当下视作通往未来的途径、实现目标的工具，而忽视当下本身的价值。这样的分神与审美态度的纯粹背道而驰。若想挣脱现实的引力，回归纯粹的审美，就要在美的事物和实际人生之中维持一种适当的距离，而这需要审美者建立属于自己的坐标系。普通人的坐标系以利害为衡量事物的标准。他们眼中的事物只有"有用""无用"之分，而无美丑之分。正如《小王子》中那段经典的讽刺，要是对大人说"我看见一幢漂亮的房子，红砖墙，窗前种着天竺葵，屋顶上停着鸽子"，他们想象不出这幢房子是怎样的。你得这么跟他们说——"我看见一幢十万法郎的房子"，他们马上会大声嚷嚷"多漂亮的房子"。大人们看不见红砖墙、天竺葵和鸽子，他们只看见一沓又一沓钞票。以利害为衡量标准的人专注于附着于物的实际价值，往往由物的属性联想到物的功能，又由功能跳转到物的用途和自身需求上。他们看见的不是物象本身，而是自己的欲望。作为人，不可能没有实际需求和意志欲念，建立利害的坐标系是一种惯性，而摒除意志欲念的干扰、肯定物象本身的价值、曾建立起美的坐标系，则需费一番功夫。有人问一位登山家为什么要去登山——谁都知道登山既危险又没什么实际的好处。他回答"因为那座山峰在那里"。登山家要登的山并不在俗世中，俗人难免觉得荒谬。但在登山家自己建构的王国，在那个由他重估一切价值的世界里，山就是他昼夜思慕的朝圣地。审美者大抵如此，他们在自己建构的坐标系中重新打开这个世界，发现了其中蕴含的种种美的可能。

美的精神，是灵动的精神。审美是没有动机的。相比于实用态度的"有所为而为"，审美不受环境的匮乏和自身的欲求驱使，是"无所为而为"的。因为没有混杂欲念，所以审美是纯粹的。因为不受环境需要限制，所以审美是灵动的。美诞生于客观的审美对象与人在特定时机所建立起的联系。审美者并非有意，但往往"无心插柳柳成荫"。在陶渊明的《桃花源记》中，渔人沿溪而行，"忘路之远近"时，忽然邂逅一片桃花林，"落英缤纷，芳草鲜美"，而当他领着太守的手下，"寻向所志"，却"不复得路"，"欣然规往"的隐士刘子骥同样"未果"。无论是寻向所志的渔夫，还是欣然规往的刘子骥，都是有意的，大有

"欲得之而甘心"之感，难免沦为欲念的奴隶。美的邂逅是偶然的、灵动的，是可遇不可求的。探访时极强的目的性破坏了审美对象与人之间非功利的关系，桃花源不在世俗的坐标系里，"不复得路"也不足为奇。

审美的灵动还在于欣赏中的创造。客观事物为人提供的只是一种审美可能。在物我同一的境界中，人将自己的情趣投射于物，以独特的方式实现已有事物的新综合，通过能动性的创造让物的审美可能得到实现。康德的先验论认为，人的经验是一种整体的现象，不能分析为简单的各种元素，心理对材料的知觉是在赋予材料一定形式的基础上以组织的方式进行的。因此，一幅画大于构成它的笔画之和，整体大于部分之和。当福楼拜眺望日出时，他看见了什么？远处河面的粼粼波光是光的反射现象，怒放的凌霄、绛紫色牵牛花、玻璃般的草叶、隐隐战栗的棘条不过是几种植物，潮湿的土腥味是分子做无规则运动的结果，岸边蛋壳般薄薄的雾是水蒸气遇冷凝结成的小液滴，而那鱼鳍般拂过脸的晨曦不过是一束猩红的浮光。但当福楼拜将它们以自己的方式组织起来感知，日出的意境与美便从他的眼睛照进了心灵。可以说，"物"是为审美提供了丰富的材料，却如无数独立的拼图般杂乱无章，借人的情趣拼接在一起，才能产生联系，形成美的意境。一如水本无形，注入的容器不同，塑造出的形态便不同。拼图呈现的意境取决于拼接者的情趣与思想，美的精神是灵动的，对审美者而言，这丰富的世界是可以满足主观性的场所，而非仅供模仿的范本。

人与人的不同，让客观事物提供的审美可能得到不同的实现。水，能聚合为云，凝结成冰，或化为雨雪。水是物提供的审美可能，云、冰、雨、雪、雾则是不同审美者塑造的不同审美形象。艺术不似哲学，力求找出宇宙间普遍、永恒、唯一的真理。无论是安迪·霍尔所言的"一切皆美"，还是费孝通先生提出的"各美其美，美人之美，美美与共，天下大同"，都显现出艺术接纳参差多态的宽大度量。来来往往的旅人驻足在同一片桃花林前，透过各自的人生，看见不同的风景。春去秋来，桃林花开叶落，旅人南来北往。岁月的流逝中，桃林的美非但没有穷尽，反而愈发丰厚、深刻。美是不会干涸的。万物运动不止，情感生生不息，美的生命力正在于此。

美的精神，是热忱的精神。真、善、美在内容上固然有所区别，但人对至真、至善、至美的追求都是"无所为而为"的，有相通的朝圣者般的热忱。艺术家热忱地追求美。在《月亮与六便士》中，斯特里克兰抛下了已有的家庭和社会地位，义无反顾地追寻他的绘画梦。他的灵魂深处埋着创作的本能——一种想要表达的渴望，一种想创造美的激情，一种对艺术至死不渝的追求。即使他的父亲认为搞艺术赚不到钱，逼他学做生意，这种本能依旧潜伏在他心中，如滴水穿石，让他在长久缄默后声震人间。他也曾是一只跌至地面的鸟，但他最终逃离了地面的占领，因为他一直记着天空，那是他曾经到过并且渴望回去的地方。来自天空的亘古的召唤让他免于沦为一只鸡的命运，对美绵延不绝的渴望不断上升，化作勇往直前的信念，让他长出了一双翅膀。"他是个永远在路上的朝圣者，昼夜思慕着某个神圣的地方。"科学家热忱地追求真，科学理论固然可以应用于生产，取得实用功效，但求至真的科学家不为利，他们探求的是纯粹的真理。当他们凭借真理在心中亮起的一天星月的清辉，以纯真坚实的脚步开辟科学新天地，科学的活动也可是艺术的。《论语》中，子曰："朝闻道，夕死可矣。"初读时曾不解，一朝一夕，何其紧迫。富于入世理想的孔子言及得道之后，为何不说将余生致力于传道，而说"夕死可矣"？我想，或许孔子未尝没有出世的精神。他心怀社稷与苍生，追求"修己以安百姓"，想修得至善之道以救百姓于水火。但除去"道"在"安百姓"方面的实际功用，至善之道本身足以令孔子魂魄为之震慑，就像真理足以让科学家为之倾倒，美足以让艺术家如醉如痴。"夕死可矣"不是打算结束生命，而是"道"有超越生命的更深刻的价值，值得人牺牲生命去追求。或许正是出于对"道"的热忱的欣赏，传道者自得其乐还不满足，热切地希望将"道"传达天下，让其他人也能领悟到"道"的美妙与崇高。孔子对"道"未尝不能有一部分"出世"的、"无所为而为"的纯粹的追求。瀑布选准了突破口，因而有喷薄而出的强大的力量。正是对至真、至善、至美的纯粹的追求，赋予了朝圣者在求索之途上择一事、终一生的热忱。

美的意义在润泽生命的无用之大用。

在美感经验中，人以人的情趣塑造物，物也在塑造人。余华在《温暖和百感交集的旅程》中，论及伟大作品对他的影响时提及"我对那些伟大作品的每一次阅读，都会被它们带走。我就像是一个胆怯的孩子，小心翼翼地抓着它们的衣角，模仿着它们的步伐，在时间的长河里缓缓走去，那是温暖和百感交集的旅程。它们将我带走，然后又让我独自一人回去。当我回来之后，才知道它们已经永远和我在一起了"。美带给我们的是精神的感动。在物的美通过眼睛直达心灵的那一刻，我们完完全全地接纳了美的物象，让它成了我们的一部分，我们得以短暂地成为我们所欣赏的美学精神。片刻对美的感知将人带离生活常轨，在美的世界里短暂逃离现实的羁绊，在美感经验中濯洗心灵，净化生命，获得精神再生。与美的物象相伴而行，脚步更轻盈，心境更澄明。

　　灵动的创造给予审美者在美的王国中游目骋怀的自由。"在无所为而为的活动中，人是自己心灵的主宰。""现实世界是有限制的，不能容人尽量自由活动。人不安于此，于是有种种苦闷厌倦。要消遣这种苦闷厌倦，人于是自架空中楼阁。苦闷起于人生对有限的不满，幻想就是人生对无限的追求。游戏和文艺就是幻想的结果。"物与心交融的那刻是如此纯粹，它紧紧抓住我们，将我们从纷乱的现实琐事中抽离，抛开不在眼前的事物，全心全意地沉浸于真实、完整而饱满的此刻，平静、清晰、不受打扰地感知美。阿多尼斯曾写过一首诗，题为《风的君王》：

我的旗帜列成一队，相互没有纠缠，

我的歌声列成一列。

我正集合鲜花，动员松柏，

把天空铺展为华盖。

我爱，我生活，

我在词语里诞生，

在早晨的旌旗下召集蝴蝶，

培育果实；

我和雨滴，

在云朵和它的摇铃里、在海洋过夜。

我向星辰下令，我停泊瞩望，

我让自己登基，

做风的君王。

　　对美的感知让人在逼仄的生活中建起自己的"空中楼阁"，在美的王国里，他们是自己的君王。那是一个由他们重估一切价值的世界，没有现实的溃烂，只有对美、对永恒与无限的追求。在人生无聊与匮乏的两极，人对艺术与美的需要都是紧迫的。闲散时，艺术是苦闷之中的排遣；窘迫时，艺术是心灵的避难所，对美的追求维系着人在困境中与艺术相伴的尊严和清洁的精神。当我们的身躯被沉重的现实一寸寸蚕食时，美是来自天空的亘古的召唤，它让我们迷惘的目光变得清亮，让我们溃烂的伤口长出翅膀，让我们被锁链束缚的灵魂展开双翼，让我们得以揪着自己的头发，将自己拔出苦难的泥沼，让我们始终"不气馁，有召唤，爱自由"。以高贵贯彻一生的木心先生曾在入狱后将写思想汇报和检查交代的纸笔偷偷省下，写他的小说和散文，66张纸密密麻麻地写满了米粒大小的65万字。写作之余，他在白纸上画好黑色琴键，于暗夜中无声地弹奏莫扎特和肖邦。木心说："白天我是一个奴隶，晚上我是一个王子。"他是现实世界里深陷囹圄的囚徒，也是艺术世界里自己心灵的主宰。走出监狱时，他依旧身姿笔挺，神情从容，就连裤缝也是笔直的。对美的追求让他始终保持精神的高贵与自由，在心灵的里屋中逃离现实的压迫，体悟生命的意义，以坦然应对升降起落的韧性走出困境。

向美而行，是不预先设立美丑的标准，拥抱更多美的可能。

审美是灵动的、主观的、自由的。客观事物是美的源泉，只提供审美的契机。美诞生于物我交融的"直觉"，美感经验因人而异。审美标准化，是让概念走在直观前面。将先入为主的审美标准打印在人的头脑后，人便会将这套固有的审美标准套用于直观和经验，排斥不合标准的物象，对它们所提供的丰富的审美可能视而不见。对初识世界的孩童，我们不应机械地向他们灌输何为美，而应培养、发展他们感知美的能力，引导他们敏锐地自主观察现实世界，获取对美更透彻、清晰、纯净的理解，从而建立起更独特、更深刻的美学世界。"根本不存在所谓的欣赏品味和审美旨趣，艺术不是任何崇高的存在，它可以是随便什么东西。"当我们不再以预先设立的美丑标准观照万物，便会发现一切皆可成为美的源泉，美的内涵可以如此丰富而深刻。这世界是如此广阔，它从未向我们隐藏它的美，只要我们愿意睁开双眼。

"人皆知有用之用，却不知无用之用也。"无用之用，方为大用。美的功用大抵如此吧。"桂可食，故伐之；漆可用，故割之。"有用之用满足的是俗世中人生理与安全的需要。美不为实际功用而生，故"无用"；但美有清洁精神、润泽生命的实际功效，这是"无用之用"。"无用之用"满足的是人在精神层面更辽阔高远的追求。人在有用之用中生存，在无用之用中生长。没有这无用之用，生命不会终止，但会干枯。

在上下而求索的人生途中，我们都需要美，需要纯粹、灵动、热忱的美的精神，需要美带来的精神的感动与再生。阿尔卑斯山的山路上有一句标语："慢慢走，欣赏啊。"世界的节奏可能太快，但我们可以挑个时间的缝隙活着，在这缝隙中倔强地生长，向美而行，做一个精神明亮、郁郁葱葱的人。

我读苏东坡

苏东坡的词中最触动我的，是他对生存的痛苦与虚无的超越。

太宰治曾言："若能避开猛烈的狂喜，自然也不会有悲痛的来袭。"1075年冬，苏轼与同僚出城打猎，"为报倾城随太守，亲射虎，看孙郎"，那样意气风发，胆气豪壮！"狂"与"喜"在这首气势如虹的词作中展现得淋漓尽致。他道："鬓微霜，又何妨！"

纵使鬓角稍白，建功壮志仍在胸怀。这是一种洒脱，但远不及《定风波·莫听穿林打叶声》中的淡然。他不在意自己的衰老，在意的是"何日遣冯唐"，他心中仍有一种热切的渴望，希望朝廷重用自己，盼着有朝一日能将弓拉得像满月，伴随杀敌报国的豪情射向西夏。于是，当历经"乌台诗案"的苏轼被贬黄州，惊魂未定，梦寐惶恐，深夜漫步，心事浩茫，有感而发，写下《卜算子·黄州定慧院寓居作》。孤鸿不愿栖息于寒枝，只能在沙洲上忍受凄冷；幽人不愿屈膝于浊世，只能在孤月下独自徘徊。报国的热望受到拂逆，心中激起不平之气。他恨污浊的尘世，恨幽居的孤独。诗作传达的有对世俗与命运的无奈、悲怆，也有对李定、舒亶等宵小之徒的不屑。

"痛苦只涉及意欲，是由意欲受到了拂逆、抑制和阻碍造成的。"而在黄州，苏轼找到了破局之法，超越了生存的痛苦。从《定风波·莫听穿林打叶声》中，不难看出他的突围。黄庭坚认为"囚人多梦赦，病人多梦医"，人作为需求的集合体，生存的驱动力来自对生活的渴望。人总是挣扎着以求满足自己的意欲，穷尽一生争取臆想的幸福。若意欲无法得到满足，人便为"匮乏"痛苦；若意欲得到满足，失去生存目标的"无聊"与期望值过高所致的"失望"便相继滋生，新的渴求也开始滋生。而苏轼用消除意欲的方式超越了这种生存的痛苦，抛开盼喜、盼晴的心情，他在料峭春风与山头斜照中获得了内心的平和，一种"不以物喜，不以己悲"，始终无法被外界撼动的淡然。他得以凌驾于苦难之上。我看到，他在《卜算子》中于月下独自徘徊的身影，那是他对自我的坚守，是他在世俗面前的无奈与高贵，一如刘禹锡重回长安玄都观时挥笔写下"前度刘郎今又来"；我看到，他在《定风波》中披蓑衣、挂竹杖高声咏唱的身影，那是他面对困境的豁达，是他在苦难面前的从容与超然，一如五十八岁的怀特写下"我生活的主题就是，面对复杂，心怀欢喜"。他在《临江仙·送钱穆父》中写"无波真古井，有节是秋筠"，这何尝不是他的自我写照？

生命中的悲喜通过相互映衬赋予彼此意义。《活着》中的福贵身处苦难的漩涡而不自知，正因苦痛缺乏喜悦的对照而失去了意义。而福贵得以忍受从山顶一次又一次滚落的巨石，以悲哀的耐性一次又一次推石上山。苏轼写下"也无风雨也无晴"，意味着他在超越苦难的同时抛开了狂喜。消除意欲，生命的驱动力从何而来？叔本华在论述需求和匮乏背后的无聊时提道："这是生活并没有真正的内涵所致，生活只是通过需求和幻象而维持其活动。但一旦这些需求和幻象没有了，那存在的空洞和空虚就暴露出来了。"我们总想相信些什么，以逃避内心深处的空虚和不安。不难发现，人类生命中的许多事物都是在需求的催生下，经由想象所构造的幻象。从金钱、帝国、社会制度、法律、人权到宗教，这部分事物从不因存在才相信，而是因相信才存在。我们的相信赋予了这些事物意义，而这些由想象所构建的秩序塑造了我们的意欲。臧克家在国立青岛大学入学考试时写下的短诗："人生永远追逐着幻光，但谁把幻光看作幻光，谁便沉入了无边的苦海。"或许意在如此。功和名、权和利既是幻光，那么抛开这些由秩序形塑的意欲，我们又该何去何从？若我们不追逐幻光，我们又该如何赋予虚无的生命以意义？生命活动不息的动力源若非需求，又会是什么？苏轼曾写《水调歌头》："我欲乘风归去，又恐琼楼玉宇，高处不胜寒。"他曾因政治上的失意，想飞天探月，但却留恋人间生活，心中仍有欲求。出尘之思终归于"起舞弄清影，何似在人间"与"但愿人长久，千里共婵娟"。彼时的他或许无法抛开一切意欲，"千里共婵娟"的美好愿景传达的是对人世生活的热爱与期许。即使他认为月宫才是自己的精神家园，可出尘意味去除幻象与需求，存在的空洞与空虚因此失去了遮掩，最终他还是怨叹"起舞弄清影"的超然所带来的孤独和虚无。

而在写《定风波》的同年，他写下了《念奴娇·赤壁怀古》："人生如梦，一樽还酹江月。"苏轼最终以他的方式超越了存在的虚无。他的词不再怨叹过往遭受的不公，也不再期许来日朝廷重用，而是享受唯一真实的现时此刻。他曾与友人杨世昌共享夜景，于船中饮酒吟诗。友人哀叹一切终将如云烟飘散，人生在瞬息之间，不如江流之无尽，时光之无穷。苏轼却宽慰他耳听而成声，目见而成色，江上清风、山间明月是供人享受的。他知人生苦短，因此不愿一生被世俗束缚，不愿终日为名利奔走。他只愿享受那一刻的清风明月，那一刻的永恒，乘一小舟而去，抛开一切，自由自在，内心平静而洒脱。

过去和未来只存在于我们的想法中，却时常影响我们对当下存在的认知。纵使存在有空洞和虚无的一面，现时此刻却是完全真实的。不妨对月饮酒，从纷乱的现实中抽身，剥去心中繁杂的念头，抛开不在眼前的事物，抛开忧虑、恐惧和希望，全心全意地沉浸于真实、完整而饱满的此刻，平静、清晰、不受打扰地感知当下。一如苏轼晚年在《临江仙·夜归临皋》中写下："小舟从此逝，江海寄余生。"当他倚杖独立于门前，一生中历经的劫难与春风得意的时光都随江水滚滚东逝，无风的夜晚，他的内心终如江面一般"风静縠纹平"，不平之气或狂喜之情皆散去。千帆历尽，他最终还是抛下一切，乘风归去，把自己交还对月饮酒的现时此刻。

刘永济道："东坡一生在政治之遭遇，极为波动，时而内召，时而外用，时而位置于清要之地，时而放逐于边远之区。"在他如飞鸿踏雪般飘忽不定的一生中，他以自己的方式超越了生存的痛苦与虚无，让外部世界随内心世界的转变而转变，最终成为一个如"山头斜照"般温暖而平和的人。在世事坎坷面前，他道："此心安处是吾乡。"

适应与革新

　　适应是权衡自身力量与外部后的明智选择，而革新是打破旧有秩序，拥抱涌入裂缝的微光、希望和种种可能。

　　在自身力量尚且薄弱之时，适应不失为一种尊重客观规律以促进自身发展的智慧。在无力改造世界时，通过适应环境，依托其中的有利因素积蓄力量，方能为今后的突破奠定坚实的基础。任何事物的发展都要经历孕育、萌发、扩展、完善、成熟的循序渐进的历程。倘若没有静水流深、不舍昼夜，又何来瀑布飞流直下三千尺的壮美恢宏？磅礴的生命力量必先于长久缄默中积蓄，后经一突破口完成夏花般绚烂的绽放。

　　原始社会时期，生产力低下，人类主要靠采集和渔猎为生，生存受自然条件影响大。农业和畜牧业产生后，人类从食物的采集者变为生产者，由适应自然走向改造自然。原始社会固然落后，但其是人类生产力发展的必然阶段。倘若没有原始社会打制、磨制石器的发明、火的使用、原始部族的形成，又何来铁器、牛耕的推广，文字、城市的诞生？对早期自然环境的适应不但奠定了后期发展坚实的基础，还使各文明区在适应不同自然环境的过程中形成了独立发展、各具特色的多元文明。希腊四分五裂的地缘分布和差异极大的地形地貌催生了城邦崇拜情结和多数公民掌权的民主政治。诞生在大江大河流域、以农业为发展基础的中国、印度、两河流域和埃及偏向君主集权的文明形态。通过适应，依托各自环境中的有利因素发展自身，形成各自鲜明的特色，不失为早期文明演化的上策。

　　力量的薄弱亦有相对之分。在既定的事实、不可避免的事物，诸如在厄运、苦难、死亡面前，个人无疑是微渺的概念，而适应几乎是必然的选择。西西弗斯永远处于苦难的循环中，接受着众神对他无休止的惩罚。每次当伤痕累累的他把巨石推向山顶，巨石都会再次落下。他无法摆脱巨石滚落的命运，无法打破旧有的环境与秩序，但爬上山顶所要进行的斗争本身就足以使一个人心里感到充实。他的巨石是他的事情，他在苦难面前的坚忍是他在一己境遇中选择的一己生存态度。将巨石推上山，是对既有环境的适应、对苦难的忍受，亦是对厄运的主动承担、对众神无声的反抗。当个人的力量不足以将其从苦难的漩涡中抽离，适应也可以是坚忍和主观能动性的体现。通过转变内心对不可避免的厄运、死亡和苦难的认知，我们得以更好地适应外部环境，在巨石的起落中葆有内心的平和与安定。那是苏轼历经"乌台诗案"后，沙湖道中遇雨时"也无风雨也无晴"的坦然；是范仲淹登临岳阳楼，凭栏眺望时"不以物喜，不以己悲"的豁达；是史铁生在地坛满园弥漫的沉静光芒中，以苦难为土壤栽培心灵的深邃与淡然，终得"死是一件不必急于求成的事，死是一个必然会降临的节日"的体悟。有时盲目抗争只会让我们在苦难的泥沼中越陷越深，心中充斥着对自身力量之微渺的怨恨与无力。不妨接纳、适应不能预料不可避免、无法改变的事物，纾解心中的不平之气，由被动忍受走向主动承担，走向"得之坦然，失之淡然，争其必然，顺求自然"的旷达。

　　而在时代的巨轮面前，个人、社会甚至国家的力量有时微若螳臂。顺势者昌，逆势者亡。"好风凭借力，送我上青云"，顺应时代发展的趋势，确立前进的正确方向，受到的阻力更小，而发展的空间更大。适应有时也是建立在对自身和时代所需的清醒认知上的明智选择。"天朝物产丰盈，无所不有，原不借外夷货物以通有无"，清政府沉浸于八方来朝的黄粱美梦，推行闭关锁国政策，无法适应新的外部环境，贻误了中国走向世界的机遇。洋务运动企图革新利器挽清朝于滔天狂澜，维新变法设想改良政体救帝制于强弩之末，却都未从根本上否定封建制度，洞悉、适应时代与自身的发展，最终走向失败。改革是打破、推翻旧事物，建立新秩序、适应新潮流。抗争未必都比适应有更积极的色彩，盲目地抗争只是无谓的消耗。无论是改革还是适应，革新什么，适应什么，最终都应指向更长远的发展。

　　但适应亦值得警觉。

　　对个人而言，其力量固不足以逃离秩序的高墙。在社会价值强化的同时，群体的单一趋同、个性和个人价值实现受阻的问题日益突出。穆勒指出"人性并不是一部机器，按照一种模型组建起来，并被设定去精确执行规定好的工作；人性毋宁是一棵树，需要根据使它成为活物的内在力量的倾向朝各个方向去发展"，一味地适应，任凭外界替其选定生活方案的人，只需要、也只能发展出人猿般的模仿力，其感知力、判断力、智力和道德的发展往往陷入迟滞，因为这些能力只有在主动的选择和应用中才能日臻成熟。《月亮与六便士》中斯特里克兰承认大多数人生活有一种井然有序的幸福，但他认为这种安详宁静的快乐中有一种"叫我惊惧不安的东西"。他渴望更惊险的生活和更狂放不羁的旅途，渴望"变迁和无法预见的刺激"，于是他义无反顾，抛弃原有的家庭和社会地位，到怪石嶙峋的山崖、到暗礁满布的海滩，去追寻心中的月亮和艺术之美。适应的过程是磨合的过程，伴随着妥协与取舍。个人的价值、追求和利益并不总与社会相吻合，而个人的力量相对社会又十分微渺，雕琢自身以更好契合社会的需求，寻求社会价值的实现、社会地位的提高成为一些人的选择。或许每个人都有一部分无法表达的自我。对斯特里克兰而言，他借绘画为他久困于樊笼中的灵魂找到了出口，在表达内心世界的过程中重新赋予那部分被埋葬的自我以生命，得到一种自由的释放。当一个人一味地适应社会环境，当那部分无法表达的自我不断扩大，个体的生气、灵魂的火花、独立的意志、人性的自由和主观能动性也在不断流失。或许大多数人不具备改变社会、改造世界的力量，但在纷繁的世界中坚守纯真的自我，割舍什么、保留什么是我们都要面临的课题。不妨通过调和实现个人价值和社会价值的和谐统一，在承担社会责任的同时挖掘尘封于心的个性和自己身上群星灿烂的潜能，以逃离在适应中趋同的结局。

一如斯特里克兰渴望"变迁和无法预见的刺激"，我们都渴望冲破旧有秩序的桎梏，拥抱涌入裂缝的亮光与种种可能。而一味适应带来的往往是一成不变的环境、过于安逸的生存状态、日趋迟钝的辨知力、不断流失的意志力、固化的秩序和简单枯燥、暗淡无光、兴致索然的生活。

环境是既定的无法选择的事实。当个体的发展被其所处的环境限制、阻碍时，出走和反抗是必然的选择。《你当像鸟飞往你的山》的作者塔拉的童年由垃圾场的废铜烂铁铸成，但她抓住了教育这根向上攀爬的绳索，考入哈佛，走出大山，拥抱了更广阔的世界和更多生活的可能。当个体所处环境较为落后，一味适应可能导致个体被环境同化，日趋愚昧、狭隘、故步自封，精神在光线照不到的地方日益萎靡。出走与反抗是对崭新的理想、彩色的希望和更充足的发展机遇的寻求，为个体进步创造更好条件的尝试，是去打开不一样的世界，去演绎不一样的故事，让新我自旧我中飘逸而出，去向充满不确定性也因而充满希望的生命的旷野。

而对社会、国家和民族，一味适应的结果往往是止步不前、落后和挨打。对现状的不满，激励我们探索未知、拓宽视野、发现真理、革新技术，进而走向更广阔的天地和更光明的未来。天文学家叶叔华敢为人先，在带领团队将我国世界时精度提至国际先进水平后，又排除万难引进甚长基线干涉测量技术，为国家谋求长远发展；科学家袁隆平勇敢地向"水稻杂种无优势论"发起挑战，借实践发现真理，终以杂交水稻研究的重大成功使我国水稻生产发生质的飞跃。诚然，站在巨人的肩膀上能看得更远，但一味捍卫旧有的基础，使现有成果与经典理论相适应，便难有所开拓、创新，终非长远之计。而敢于破旧立新的先锋者，虽不一定在其所处年代功成名就，却揭开了黎明的帷幕，成为国家、民族甚至全人类的希望和脊梁。或许当这些开拓者登临高风悲旋、蓝天四垂的山顶，先行途中的孤单和迈向更高境界时真切的渺小感曾充斥心间，外界的质疑和未知滋生的恐惧也如潮水般涌来。可无论如何，他们相信内心诚恳的选择，相信切实的实践与探索，借科学严谨的研究形成对世界理性的认知。真理、热忱与关怀在他们心中亮起一天星月的清辉，让他们永远清澈、平静、饱满，在最深的夜里也清晰地知道自己应去往何方，以纯真坚实的脚步开辟新天地。依托旧有环境、适应既有规则的成功者对社会的发展亦有意义，但一个国家、一个民族真正的希望和出路还应从先锋者孤峰般巍然而立的身影中觅得。

在黎明前最黑暗的时候，正因有人仍心蕴光明、始终守望太阳升起的方向，不甘于适应中沉沦，而于沉默中爆发、于压抑中抗争，春天和希望才能重新苏醒在被寒冷封锁的大地上。鲁迅在婉拒钱玄同时说："如果有一间铁屋子，绝无窗户而万难破毁。现在你叫嚷起来，惊醒了其中较为清醒的几个人，你倒觉得对得起他们吗？"钱玄同却说："然而这几个人既然起来，就不能说没有毁灭铁屋的希望。"现实的铁屋绝无窗口，心中的信仰却能带他们找到希望的出口。正因铁屋中较为清醒的人选择的不是适应樊笼、坐以待毙，正因他们仍希冀走到阳光下，用双脚丈量高山、大海、巨川，正因他们在万人都要将火熄灭之时，仍高高举起信仰的火把，希望得以苏醒在悲哀的大地上，太阳也终于走进中国被寒冷封锁的暗夜。有时我们不甘于适应，同暗夜和冰谷一同走向必然的衰亡；我们反抗，用黑夜给的黑色的眼睛寻找光明，打破樊笼，拥抱因相信而存在的希望。

适应什么，革新什么，妥协什么，保留什么，如何在适应与革新中觅得一条更好实现自身发展的道路，建立在我们对自身、社会、时代发展的认知上。旧有的秩序不应全盘否定，新建的秩序也非十全十美。于适应或革新中汲取、创造有利于自身发展的因素，才是更为明智的选择。

古典爱情戏剧中的至情与美

　　至情与美是古典爱情戏剧中两个重要的组成元素。

　　美是直观所见与生命撞击的产物，是审美主体对审美对象的判断，是人对客观事物意义的赋予，在一定程度上代表了一个人的价值选择。在物的美通过眼睛直达心灵的那一刻，我们得以短暂地成为我们所欣赏的美学精神。《牡丹亭》中的杜丽娘面对大好春光，发出了由衷的慨叹："不到园林怎知春色如许？"可见审美的前提是审美的心境，即美感。从达官显贵到平民庶人，从鸿鹄学子到垂髫孩童，美感存乎一心，不受社会地位和封建礼教的束缚，而重在心灵的觉醒与对万物的有情。

　　美诞生于直观所见和生命的撞击，这样的撞击与个体的价值选择有关，且有"只可遇不可求"的偶然。"一切皆美。"客观事物是美的源泉，只提供审美的契机。一切事物都有可能是美的，而人的思想使这一可能得到实现。同时，美是自然的、纯粹的、非功利的。美无法被灌溉，也无法被剥夺。它诞生于客观的审美对象与人在特定时机所建立起的联系，这样的联系无法被流水线式生产、复刻。美的事物从不刻意寻求人的注意，而审美体验的美妙之处也部分来自其"有心栽花花不成，无心插柳柳成荫"的捉摸不定。杜丽娘的家庭教师陈最良为其念诵"关关雎鸠，在河之洲"，想要引导她体察其中的仁义道德，将她塑造为贤妻良母式的典范。而杜丽娘感受到的却是爱情的美好，道阻且长仍不能磨灭的执着与坚定。审美是主动的，来自我们对事物的直观认识，中间经过抽象这一过程。出于功利性目的，通过强制灌溉的手段进行的"审美"无疑存在让概念走在直观前面的谬误，无法真正扎根于审美主体的精神世界。美感的觉醒让主人公敏锐地自主观察现实世界，采用自己的审美标准衡量事物，获取对美更透彻、清晰、纯净的理解，从而建立起更独特、更深刻的美学精神世界。古典爱情戏剧中的美因此成为与封建礼教相抗衡的轻柔却坚韧的力量，主人公的作为独立个体的主观能动性也由此彰显。

而古典戏剧中的至情与美承担着近似的作用。爱情作为人普遍的天然的欲望，作为一种深厚、真挚而坚定的情感，是封建礼教无法压抑和摧残的。个体在发展、延伸、扩展、成熟的过程中，人格的不断健全和完善催生了其向外寻求理解、共鸣与支持的强烈渴望。在探寻真善美的过程中，主人公心目中理想人格与自我逐渐形成，而其又将这样一种期望投射到现实中的爱人身上。对孤独的初步感知也使其向往与外界建立亲密而稳定的情感联结，借爱情强化存在的意义，以此与存在的虚无感抗衡。戏剧中待字闺中的少女置身于封建家庭和视封建礼教为天经地义的封建大家长的控制之下，无论是私奔还是幽会，都在一定程度上表现出其对旧有环境与秩序高墙的反抗与打破，对新思想、新生活的渴望与追寻。这让她们不再是伍尔芙笔下"插在花瓶里供人欣赏的静物"，而是"蔓延在草原上随风起舞的韵律"。

汤显祖指出"万物之情各有其志",可见古典戏剧中才子佳人的组合并不只是为了审美上的愉悦,其中的至情与美已然成为主人公自我觉醒的象征,成为足以与封建教化和封建礼教抗衡的批判性力量。

古典戏剧中的至情与美及其表现出的积极浪漫主义和理想主义既传达了"愿普天下有情的都成了眷属"的美好祝愿,又彰显了主人公的独立与反抗,深化了对封建教化的批判。可也不免给戏剧所展现的爱情笼上玫瑰色的雾霭。从"如花美眷""翠生生出落的裙衫儿茜"的《牡丹亭》中的杜丽娘,"倾国倾城貌""檀口点樱桃"的《西厢记》中的崔莺莺,再到学得来"一天星斗焕文章"的眉目清秀的书生张君瑞,热情勇敢、有胆有识的《墙头马上》中的李千金和《倩女幽魂》中的倩女,这些经典的人物形象大多是作者理想的化身,因而鲜有缺陷。才子佳人不得白头偕老的主要原因并非其自身的软弱性、妥协性,而更多出于外界的阻挠——封建礼教的压抑(《牡丹亭》)、强权的凌辱与胁迫(《紫钗记》卢太尉)、封建家长的反对与阻碍(《倩女幽魂》张母的门第观念"三辈不招白衣秀士、《拜女亭》的王镇"穷秀才几时有发迹"、《墙头马上》裴尚书"聘则为妻奔则妾"、《西厢记》崔母悔婚后又允许,但要张生立即赴考)。作者意图通过理想的爱情与主人公批判、对抗封建礼教,因而在人物的塑造和情节的设置上难免落入"才子佳人大团圆"的俗套。忠贞不渝、真情不移、痴心不改的爱情最终战胜了腐朽的封建秩序。但这种存在于敢爱敢恨、敢作敢为、聪慧坚毅、倾国倾城的女主人公与温文儒雅、才貌俱佳、赤诚勇敢的男主人公之间的爱情是否真存在于现实呢?《倩女幽魂》的构思便映衬了这种爱情理想化的特性。倩女的魂魄大胆冲破礼教观念,与王文举私奔,遂了心愿，而其躯体卧病在床，凄凄惨惨戚戚。作者如此安排，意在表现封建礼教对妇女的禁锢与其冲破封建秩序高墙，勇敢追寻心之所向的强烈渴望之间的矛盾与冲突。而现实中，倘若没有礼教的禁锢，我们真的能像倩女一样听从本心，无问西东，义无反顾地追寻心上人吗？自身的软弱性很可能代替礼教成为行动的枷锁。内心的懦弱和犹豫可能让我们也落得一个忧思成疾、凄凄楚楚的下场。进一步想，戏剧中如梦似幻般的痴迷是否也只能存在于理想化的完美的主人公之间呢？从浪漫得纯粹的《爱在黎明破晓前》到真实得铭心的《爱在黄昏日落时》，杰西和赛琳的爱情从童话般的一见钟情延续至跨入现实门槛后的相知相守。就像赛琳，她的俏皮，她的浪漫，她的理想主义，她的神经质，她的敢爱敢恨，都那样鲜明地烙印在我心上。她是不完美的，却也因此更真实、更灵动。罗曼·罗兰所言："世界上只有一种英雄主义，那就是在看清生活的真相之后依然热爱生活。"爱情里有时也有这样一种英雄主义，看到对方心灵中并存的卑鄙与高尚、邪恶与善良、仇恨与热爱，看到剥除文明外衣的人类最原始的天性，依然愿意去热爱去接纳对方那一部无法表达也不尽完美的自我，像土地容纳所有雨水与阳光，像诗歌容纳所有的热烈与深情、孤独与绝望，像王小波在《爱你就像爱生命》中写的："我把我整个的灵魂给你，连同它的怪癖，耍小脾气，忽明忽暗，一千八百种坏毛病。"或许大多爱情不是在才子佳人"金风玉露一相逢"的刹那便一往而深。爱一个人是一个过程，是一段趋行在独属于另一个人的悄寂阔大的世界的旅途。最开始不乏满天云霞，星斗清亮，太阳强烈，水波温柔，日久却免不了艰苦跋涉，越过一大片土地贫瘠、地势险峻的原野，在空旷与沉寂中看到光彩与荣耀背后，其作为一个独立个体的真实而完整的存在。而爱情那真挚而纯净的力量也在此过程中得以深厚。

我想这是一个相当艰难的过程。仰慕一个人的美好与良善大抵是人之常情，而接纳一个人固有的残缺、走进一个人内心的幽暗深处却绝非易事。《桃花扇》中侯方域这一角色所体现出的圆形人物的完整与真实在古典爱情戏剧中显得尤为可贵。李香君斩断情丝，至死忠于自己的国家和民族；侯方域也有欲挽狂澜的爱国思想，但不乏软弱无力的一面，他最终选择投降，甚至还想着夫妻一同还乡。但他的出身、教养、社会地位和社会关系，又为其身上软弱性、妥协性和气节、风骨并存提供了合理性。窃以为《桃花扇》相比于其他古典戏剧有更深刻的哲思、更开阔的视野、更丰富的社会历史容量，这与其在人物塑造与情节设置上的匠心独具是分不开的。

《飘》中，斯嘉丽曾说："我爱的是我自己虚构出来的一个人，一个就像枚荔一样没有生命的人。我做了身漂亮的衣服，然后就爱上了它。当艾希礼骑着马过来时，他是那么英俊，那么与众不同，我就给他硬套上了那身衣服，也不管是不是合身。于是我就看不见他真正的模样。其实我一直爱的是那身衣服，压根不是他这个人。"爱情中不免有一见钟情和对爱人的理想化，这是我们内心美好期望的投射。才子佳人固然可以支撑彼此对另一方的期许和向往，而现实中平凡的我们需要更坚韧恒久的勇气去接纳、热爱另一方的整个灵魂。正是这种在看见真相后依然选择热爱的勇气，让两个平凡人之间的羁绊至情至美。

特种兵式旅游之我见

　　《咬文嚼字》对特种兵式旅游的阐释是："文化和旅游消费持续复苏回暖，'特种兵式旅游'火遍全网。这种新型旅游方式，核心要义是用尽可能少的成本享受尽可能多的旅游资源。游客用最少的时间，花最少的费用，游览最多的景点，在旅游目的地了解最多的历史文化、风土人情，像在执行特殊任务。'特种兵'经过特殊训练，装备精良，战斗力强，是执行某种特殊任务的技术兵种的统称，也指这一兵种的士兵。用'特种兵式'来修饰'旅游'，是用'特种兵'的显著特征为特殊的旅游方式赋能。'特种兵式XX'还很快衍生出'特种兵式观剧''特种兵式开会''特种兵式午休'等说法，显示出了较强的能产性。"特种兵式旅游"快、准、狠"，具有如下特征：（1）目的性、针对性强，执行某种特定任务；（2）提前规划，准备充足；（3）效率高、能产性，用最少的时间、花最少的费用、了解最多的风土人情。

动机：功利的有用之用与纯粹的无用之用

> 桂可食，故伐之；漆可用，故割之。人皆知有用之用，而莫知无用之用也。
>
> ——《庄子·人间世》

"特种兵式XXX"有极强的目的性和针对性。无论是特种兵式观剧，通过二倍速、只看"TA"和"一口气看完XXX"的讲解视频在短时间内"速通"一部剧，知晓主要剧情和结局，还是特种兵式旅游，用最少的时间，花最少的费用，了解最多的历史文化，风土人情；抑或特种兵式开会，开门见山直奔主题，舍弃细枝末节，提高信息密度；或特种兵式复习，用考前有限的时间精准打击重难点和薄弱点……这些"特种兵式XXX"似乎关注的更多是及时获取大量信息的有用之用。诚然，在短时间内获取大量信息能给人以极大的新奇感和满足感，但当我们接收的信息超过了信息负载量，这种短期的快感很可能转化为疲惫和焦虑。

或许游客也想挑个时间的缝隙，在疯狂之旅中摆脱熟悉而乏味的日常，获得灵魂的休憩，但这种目的性强、强度大的旅游方式，往往令他们在回归生活常轨时身心俱疲。高效、网络化的交通体系和各种交通场站之间的便捷换乘，让他们得以日行四万步，三天逛两城。但这种在航站楼、高铁站和各座城市间不停辗转的高效的旅行方式，可能加剧旅客的疲惫感，与他们希望在旅途中释放焦虑、获得精神再生的目的背道而驰。在《铁道之旅》中，德国文化研究学者沃尔夫冈·希弗尔布施提出了"机械化旅行"的概念："在借助铁路的个体旅游中，个体旅客被吸纳进了一个移动货物的有形系统。""旅行是否会变得无趣完全与旅行的速度成比例。"在机械化旅行中,现代交通工具大大提高了行进速度,旅客需在短时间内用视觉处理大量可视影像,这增加了旅客的疲惫感。与此同时,满满当当、须严格遵照的计划表,无间断、少休息的行程,异地水土不服导致的种种不适,都可能让他们在短暂的兴奋与快感过后身心俱疲。

旅游的风潮过去后,越来越多的人开始青睐在随心松弛的状态下和深度参与的过程中,与大自然、身边人和艺术作品对话,建立稳定而紧密的联结,获得情绪价值。寺庙游成为年轻人修身养性、远离喧嚣、释放压力的途径,村超主打情绪共鸣、全民参与,city walk、反向旅游则重视情绪治愈,围炉煮茶的火爆植根于情绪释放,多巴胺穿搭因明亮的颜色能刺激积极情绪而迅速走红,沉浸式演艺帮助游客与剧情演员建立情感连接,在观看表演的同时完成个人情绪的释放……独特愉悦的体验、积极的情绪、精神的满足、心流、沉浸感、幸福感成为越来越多人的追求。比起信息价值,情绪价值更像是一种纯粹的无用之用。情绪价值的目的不在于满足实用需求,但它有实际的功效。在诗和远方中疗愈心灵,以更充沛的热情、澄澈的心境再出发,何尝不是一种大用?

朱光潜在《谈美》中说:"人的实用的活动全是有所为而为,是受环境需要限制的;人的美感的活动全是无所为而为,是环境不需要他活动而他自己愿意去活动的。在有所为而为的活动中,人是环境需要的奴隶;在无所为而为的活动中,人是自己心灵的主宰。"游客们想追寻润泽生命的无用之大用,却难免落入有所为而为的活动中,让满满当当的计划表束缚住了手脚。他们将精神休憩简单等同为在短时间内游览一个又一个陌生景点的新鲜感,目的性极强地奔走在打卡下一个景点的路上。在这样匆忙的旅途上,他们很难成为自我心灵的主宰，还可能陷入另一种功利之中。

状态：单一与多元 快与慢

人生的栈道上，我是个赶路人，却总是忍不住贪看山色。

——张晓风

特种兵式旅游具有较强的目的性和针对性，充足的准备、缜密的规划、满满当当的行程，提高了旅游的效率，赋予其较高的能产性，但游客也可能因此错失一段旅途中的种种意外与惊奇，对景点的探索停留在商业宣传包装出的景点形象，缺乏个性化的体验与理解。

随心的旅途也许会有更多计划之外的精彩。特种兵式旅游的风潮过去后，越来越多的年轻人喜欢上city walk（城市漫游），探寻饱含记忆的老建筑、老街区，倾听领队娓娓道来它们的前世今生，品味城市的风土人情、历史与文化……漫无目的地用脚去丈量城市角落，深度感受一座城市的历史文化和生活气息，喝杯咖啡，逗逗猫狗，在一家只卖旧书的书屋翻阅泛黄的连环画，在青砖石瓦的小巷听脚踩落叶时的窸窣声响……"如果说特种兵式旅游是极致追求效率和性价比的加法，城市漫游就像是抛弃目的与结果，专注于过程的减法。"同样是为了逃离单调疲倦的生活，特种兵式旅游主打"来过"，用快节奏充实旅途，而城市漫游讲究"沉浸"，在随心闲散的状态下感受独特的城市美学与温度。除了city walk外，还有"打听式旅游"，不做攻略，不赶时间，走到哪玩到哪，通过向当地人询问来确定下一个目的地。"打听式旅游"多了一些松弛感，也增加了旅途的随机性与惊喜感。游客不再受制于攻略和行程安排，而是打破大数据的禁锢，在与当地人交流互动的过程中，定制个性化旅游路线，沉浸式感知当地文化和风土人情，获得更多元、独特、丰富的旅行体验。此外，越来越多的年轻人选择通过小城游充电，挖笋、玩水、散步，沉浸式体验闲散、惬意、松弛的小城生活。

特种兵式旅游的高效率固然令人称道，但叠加了快节奏和单一目的地的特种兵式旅游体验，若浮光掠影，让人无法窥见一座城市的全貌，抵达一座城市文化的核心。当我们不再为打卡一个又一个目的地而奔波，而是慢下来，用心去看，真诚地与一座山、一条巷、一座楼阁对话，享受旅途中种种不确定带来的惊喜，当旅游的目的从探索尽可能多的景点变成探索真实的自我，当旅游不再是对日常生活的逃离而是一种探索型的生活方式，景点才可能剥去商业宣传的包装，成为满足我们主观性的场所，而我们将收获一段更加丰富的旅程。

旅游可以"特种兵式"，生活却不可总是"特种兵式"。人生的栈道上，我们都有想抵达的远方。若一味执着于前方的目的地，将当下视为通往未来的途径，精神可能因得不到滋养而枯萎。有时，我们需要按下暂停键，看看栈道两旁的青山，重拾被我们忽视已久的当下的价值。放慢脚步，不等同于消极摆烂、荒废人生，而是忙里偷闲，借沿途风景灌洗心灵尘垢，以闲适从容的生活智慧润泽生命，为再次出发蓄积能量。不止终点处才有风景，沿途的风景同样动人，而有时慢，恰恰是一种快。

价值：深与浅

无论是深度游还是读"大部头"，都需要花费一定的精力。

沉浸式体验的前提是有一颗能沉静下来的心。在疲惫的状态和快节奏的生活中，不少人缺乏在一件事上持续投入的耐心，又无法抗拒在短时间内获得大量信息的诱惑力，纷纷转向特种兵式旅游、特种兵式阅读，试图用有限的精力和时间换取最"丰富"的体验。也有人怀揣急功近利的心态，试图以"快、准、狠"的方式在短期内取得成效，拔苗助长，得不偿失。如"特种兵式复习"，在考前几天快速突击重难点或临时进行大量记忆，匆促的时间安排让人无法深刻理解知识点背后的学科逻辑，可能导致"消化不良"、考过便忘，也不利于完整的知识体系的构建。

马车等低速、劳动密集型交通工具，为乘客慢慢欣赏沿途景观创造了条件。正如徐志摩在《沪杭车中》中所写："匆匆匆！催催催！／一卷烟，一片山，几点云影，／一道水，一座桥，一支橹声，／一林松，一丛竹，红叶纷纷：／艳色的田野，艳色的秋景，／梦境似的分明，模糊，消隐，——／催催催！是车轮还是光阴？／催老了秋容，催老了人生！"现代交通工具提高了游客的出行效率，但也过滤了对于沿途景观、气味和声音的感知，只留下出发地、目的地这样的节点。当可复制的打卡点取代了独特的沿途风光，一段匆忙的旅途带给我们的精神享受又能有多少呢？我想，有时我们需要"从前的日色变得慢／车，马，邮件都慢／一生只够爱一个人"的诚诚恳恳，才能收获真正的生命的意义。

旅游的意义与价值有深有浅。深层的价值往往需要长期、持续、稳定的时间、精力等的投入。对一处风景的了解、体悟、共鸣是层层深入的过程，而真正拥抱自然或探寻一座城市的文化核心，在探索世界的同时发现自我、葱郁精神，需要我们耐下心来，放慢脚步，用踏实坚定的脚步丈量世界。在生活中，我们要学会做"长期主义者",怀揣对更辽阔高远的追求的笃定,沉淀自己,步履不停。或许有时,最好的捷径就是不走捷径。

"特种兵式旅游"是激荡青春里一场难得的奔走,是对封闭生活的一次短暂逃离,是挑个时间的缝隙活着,在自由的探索中发现自我,看见世界,肆意生长。

《2023年国民健康洞察报告》调查显示,九成人有健康困扰,其中情绪问题居第二。释放焦虑、获得情绪价值,是年轻人出游的重要动机之一。但在巨大的生活压力下,不少人缺乏时间和财力进行一场从容的旅行,用最少的时间、花最少的费用、了解最多的风土人情、主打"极限挑战"的特种兵式旅游应运而生。

《白日梦想家》中《Life》杂志的座右铭是:"开拓视野,冲破艰险,看见世界,身临其境,贴近彼此,感受生活。这就是生活的意义。"游客试图通过一次远行,短暂逃离纷扰的现实,全心全意地沉浸于真实而完整的当下,把灵魂从各种束缚中解放出来,在摆脱常规、单调,远离焦虑、疲倦的旅途上反抗生活异化、获得精神再生。

但现实很瘦瘠。有些游客非但没有在这样的"极限挑战"中获得精神休憩,反而在短暂的兴奋与快感过后身心俱疲。

对旅行而言最重要的不是选择哪种旅行方式,而是想清楚我们为何出发。《人类简史》中指出,身为人类,我们不可能脱离想象所建构出的秩序,包括经济上的货币秩序、政治上的帝国秩序和宗教上的全球性宗教。想象建构的秩序塑造了我们的欲望。我们想要旅游,想要体验,想要探索,但我们很少去问,为什么我们会有这些欲望?这些欲望是发自内心的渴望,还是深受外界秩序影响的需求?

　　在"特种兵式旅游"这一行为方式背后，藏着群体性的身份认同。人们记录下自己旅游过程中的种种发现与感受，分享到社交平台上，获得社交共鸣和文化认同。当我们在落伍的恐惧驱赶下，忽视内心的真实感受，盲目跟风，一趟风尘仆仆的旅途带给我们的，可能只是短暂的兴奋和对社会潮流的参与感。在我们开启一场"特种兵式旅游"之前，不妨问问自己，我们追求的究竟是开拓视野、冲破艰险、看见世界，还是猎奇尝鲜，赶上这趟时髦？我们热爱的究竟是旅途本身，还是它作为社交纽带的功用和它附带的身份文化认同？当我们把目光从外界转向自身，回归纯粹的对未知的好奇、对当下的感知，我们才可能在无所为而为的旅行中成为心灵的主宰，获得精神的休憩。

　　当"青春在当下，自由在当下"成为一种代际心态，难道只有通过疾步追寻远方的风景、短暂逃离生活常轨才能摆脱单调、超越平凡、发现自我本真吗？或许，"诗与远方"只是一种非常模糊的感觉，它不是陶渊明式的归园田居，也不是特种兵式的短暂逃离，而是在扎实生活中寻找意义。远方的风景值得期待，栈道两旁的山色同样很美。与其为了"远方"这一虚幻的概念匆匆赶路，将自己活成"特种兵"，不妨慢下来，全心全意投入饱满的当下，用热诚充盈生命的每个瞬间，走好生命的每一小步。

让科学开出满树繁花

从2005年钱学森老先生抛出的"钱学森之问"——"为什么我们的学校总是培养不出杰出的人才？"到2023年颜宁对国内生物医药领域本科生和硕士生面试表现的失望，科学探索领域，我们仍在走艰难的上坡路。"士不可以不弘毅，任重而道远"，崭新的起点召唤使命与担当，吾辈青年又应如何踔厉奋发，助力中国之科学开出满树繁花？

一棵树，树干是笔直的，深扎大地的根脉与触摸阳光的枝叶却是四散的。

博学，将思维的触角伸向各个科学分支以融会贯通，犹树将纷繁根叶蔓延四方以汲取营养。艾萨克·牛顿为解释物体间的引力与两者距离的关系，精心改进数学运算以算出持续的细微变化，最终在揭示行星椭圆轨道成因之余为数学引入微积分这一崭新分支。而在第二次世界大战后，科学研究日益专业化。科学家不必试图勾勒出整个世界，更多转向对某一问题的细致研究。专题调研对推动科学纵深发展不可或缺，跨学科研究让不同分支于交融中为彼此注入新活力，意义同样重大。新时代召唤视野开阔、知识广博的复合型人才，吾辈青年应打破学科壁垒，寻求全面发展。但多元学习不是盲目涉猎，而是立足整体，犹树之向阳，注重吸收对专业有辅助作用的知识，为研究"卡脖子难题"打开新思路。"问渠那得清如许，为有源头活水来"，当一分支理论的发展囿于封闭、独立的特定团体之中，难免水流不畅，瓶颈难破；打破壁垒，融合创新，方能以四方活水永葆思想的活跃、清明。由是观之，博学是借整体推动局部发展的智慧。

笃志，让追寻真理的热情透过选定的突破口喷薄而出，犹树昼夜思慕更高处的蓝天与飞鸟，用积蓄的所有力量向上生长，郁郁葱葱。一如树将根叶汲取到的营养输向树干，博学最终指向笃志。走马观花，杂而不精，唯见浅水处之鱼虾；抛却浮华，静心沉潜，方见水深处之蛟龙。中国核农学第一位院士陈子元曾言："以身许农是我一辈子的事！"择一事，终一生。吾辈青年应如陈子元院士一般，以坚如磐石的决心、发自肺腑的热爱、臻于至善的追求、物我两忘的境界，筑牢科学创造的根基，于乱云飞渡中守拙、求本，以澄明心境观照万物之本质，借工匠精神雕琢科学之品质。

廊柱分离才能撑起庙宇，橡树和松柏亦无法在彼此的阴影中牛长。

直观应走在概念前面。一味依赖前人学说只会让科学的精神黯淡，正如树苗的枝叶因长期处于乔木的阴影下而萎靡。古希腊的亚里士多德提出的演绎推理从一般性陈述前提出发，通过逻辑推理得出具体结论。可所谓"一般性陈述前提"只是未经证实的主观臆测，先入为主，不免有以人的意志决定问题的局限。时至今日，演绎推理法早已被归纳推理法取代。但吾辈青年仍应警惕不加考证便将权威学说作为一般性前提的做法。正如《极简科学史》所指出："科学只是一种单纯的人类追求，它不是通往真理的绝对可靠的指引，而是一种理解世界的方式，这种方式极其私人化，有时会出错，常常会把人引入歧途，但绝大多数情况下还是正确的。"科学是人对世界的解释。这种认知在长久发展中逐渐摆脱了愚昧迷信、凭空臆造的阴影，形成了系统的研究方法与严谨求实的态度，却因其私人性、主观性而不免偶有谬误。若青年在缺乏直观与经验之时，便将权威科学理论打印在头脑中，以主观认识为观照客观世界的工具与视角，便可能导致对与先入为主的概念相抵触的直观的片面否定，对先人学说存在的漏洞与局限视而不见。

当公元150年托勒密编写的《天文学大成》于其后1400年中被编成五花八门的总结性摘要和手册，地心宇宙也从某位科学家提出的、有待考证的观点演化为人尽皆知的常识。所有的改进都是在承认《天文学大成》的前提下，根据新数据调整其中的几何学公式，以维护其合理性，而通过严谨的观察与推导为日心说辩护的伽利略则在当时被视作异端。一如英国作家威尔斯在小说《盲人国》中的设喻，一群深居山谷的天然盲人建立了有别于常人的认识体系，当一位视力健全之人试图告诉他们另一个色彩纷呈的世界的存在，他们强烈抗拒并妄图将其同化。而在科学史上，伽利略便是教皇统治的昏昧世界中那个睁眼去看的人。科学起源于人对物质世界的直观认识。但随着越来越多学说的确立，部分人开始如水蛭般吸附于权威理论之上，因头脑中塞满的种种先入为主的认识而放弃了直观所见的广博，只看见想看见的，遂成以片面经验佐证片面科学观的一叶障目之悲。站在巨人的肩膀上不等于成为权威学说的卫道士。吾辈青年应夯实学科基础，借前人之火炬驱散愚昧之迷雾，启迪理性之思考。但若将权威学说作为对直观所见的筛选原则，泯灭了质疑的精神，前人的理论也可能成为蒙蔽与阻碍。在科学大厦已基本落成的今日，真理的发掘不应仅仅从与权威文献的比对中，更应从对自然与宇宙的观察中。科学发现是科学家在对客观事物形成基本看法后，经观察与实验，于直观和经验的基础上推导出的公理，而非对前人学说的简单演绎。

树凭内心绵延不绝、不断上升的渴望，朝各个方面成长与发展。树与树的根紧握在地下，叶相触在云里，躯干却彼此分离。科学的分支是树与树的关系。后人之学说不应是攀援在前人树干上的凌霄花，也不应是为前人之绿荫重复单调颂歌的百灵鸟。若让先行者提出的概念蒙蔽了双眼，泯灭的不仅是质疑的精神，更是探寻新世界的渴望。当弗朗西斯·培根借《新工具》一书向亚里士多德学派文献中的演绎思想提出挑战时，他以一艘途经"赫拉克勒斯之柱"凯旋的船象征他全新的归纳法。石柱代表了大力神赫拉克勒斯去往"极西"时到达的最远处，是古代世界的最外缘，也是古代知识的极限。或许培根想告诉我们，认知的边界并非世界的边界、科学的边界。概念由直观抽象而来。世界处于永恒的运动之中，直观是常新的，理论与概念则是静止的。理论的完善与发展依赖于人的创造与直观的进一步丰富。魏源在《默觚·治篇十二》中有言："受光于隙见一床，受光于牖见室央，受光于庭户见一堂，受光于天下照四方。"直观是近在眼前的活的源泉，唯有源泉丰沛，所见广博，才能产生深入透彻的思想与源源不断的创造。一方面，吾辈青年应实事求是，秉承质疑精神，勿让前人学说成为思想的攀笼，力求透彻、清晰、不带偏见地做出自己的判断。另一方面，吾辈青年应解放思想，与时俱进，用双眼去观察，让丰富的直观成为科学创造的源头活水。

当花树日渐茁壮，积蓄了自己的力量，使花朵饱满，然后爆破，有如阳光在清晨穿破乌云，花树便完成了自己作为一棵花树的庄严使命，实现了自我价值。而当科学在人文的滋养下绽放，科学家终抵其昼夜思慕的朝圣地，未知的迷雾渐散，世界的轮廓开始明朗。

北斗导航系统科学家徐颖曾说："卫星导航定位系统的应用，只受我们想象力的限制。"科学的发展需要想象力的滋养与创造精神的支撑。青少年的探索欲、创造力不应被机械化的学习模式抑制。当树的种子凭内心对春天的全部渴望与幻想，生根、发芽、向上生长，教育不应成为其奋力对抗的厚重土层。做好科学教育的加法，是让思想脱离现实的引力飞扬，让新意踏出传统的阴影明朗，让青少年大胆去想、踏实去做，积极革新以求长远发展。

而当想象力引领青年踏上科学探索之征程，等待他们的是树丛密布的未知之地和艰苦孤独的漫漫长途。当羚羊向无边无际的沙漠望去，它看见的不仅是起伏的沙丘、难以计数的沙粒，还有深藏其中一湾泉水、一方绿洲和可能存在的生命的踪迹。而当科学陷于未知的迷雾，人文之精神便是远处若隐若现的清亮的星斗。牛顿为说服英国皇学会相信光由不同物质组成，做了整整三年实验以求更详尽而令人信服的阐释，但学会仍不断要求他其提供更多证明。他在给同僚的信中，不无悲愤地写道："我认为，一个人要么决心不研究新东西，要么就得成为捍卫新东西的奴隶。"对牛顿而言，科学与自我价值紧密相连，是他毕生的事业，更是他热忱的信仰。科学研究与其说是工作，不如说是一种自我实现的自觉性行为。或许当牛顿等先知先觉的科学家登临高风悲旋、蓝天四垂的山顶，先行途中的孤单和迈向更高境界时真切的渺小感亦曾充斥心间，外界的质疑与未知滋生的恐惧也如潮水般涌来。但无论如何，他们相信内心诚恳的选择，相信切实的实践与探索，借科学严谨的研究形成对世界的认识。真理、热忱与关怀在他们心中亮起一天星月的清辉，让他们永远清澈、平静、饱满，在最深的夜里也清晰地知晓明天的去向，以纯真坚实的脚步开拓新天地。

人文在以想象力、创造精神与对真理的热望滋养科学的同时，也赋予了科学一定的社会责任。《人类简史》中有这样一个设喻：如果人类的历史是足球比赛，生物学上的限制便是设定活动范围的球场，而智人则是能通过虚构故事创造更复杂的游戏的球员。科学研究在符合活动范围、遵照自然规律之余，还应满足球员间的游戏规则。生物工程、无机生命工程、仿生工程是技术革新的产物，更是对人类意识与身份认同的冲击，因此在哲学、社会层面备受争议。而线上故宫、数字敦煌让传统文化在如流岁月中永葆鲜妍，既守住了华夏文明之根，又借数字化共享助其开枝散叶，辉照世界。科学对人文的反作用应是什么样的？科学起源于人的思考与实践。科技产品应是人类创造精神的见证者与守护者，而非取代者。正如穆勒在《论自由》中所写："智力和道德的能力和肌肉的能力一样，是只有经过使用才会得到进展的。"能动地进行智力活动与道德选择，依照自己的方法解释、运用经验，本是人的特质、人之所以为人的正当条件。而在AI浪潮风起云涌的今天，ChatGPT、"AI孙燕姿"纷纷粉墨登场。如何与AI对话、磨合、调整AI的思考方式，让人机互动为人所用，需要人类科学技术的进一步发展。如何创造具有更高道德水平的AI，为其建立一套完整、合理、深入的伦理标准，需要人类对自身认识的进一步完善。AI浪潮之中，挑战与机遇并存，而对AI的所有探索最终指向人类自身。AI正倒逼我们重新审视创造与模仿，催促我们积极投入新一轮的革新。只有守住创造精神之根，人才有走在AI前面、走在时代前沿的可能，人才不会被AI取代、奴役、驱逐。《连线》杂志创始人说："就我个人而言，我希望这种探索的最终结果是AI和机器人能够帮助我们成为更好的人类。"让科技代替人类认识和改造世界，泯灭的是人自身知觉、判断、辨别、践行、反思、创新的能力。科技产品的使命是助力而非取代人的创造，它应是保护昔日文明免受时间侵蚀的屏障，应是人类向未知丛林的更深处踏步时的拐杖，它应将我们从机械化、模式化的工作中解放，全身心投入真正有价值的创造活动。

人性的温度影响科技的尺度。增进人类福祉是科技发展的原动力，科技工作的方向不应与人文精神背离。中国林科院的硕博连读生杨安仁返乡创业，用科技助推家乡油桐产业发展；归国博士沈亦晨带领团队推出全球首款光子芯片，打破了国外的技术垄断，让中国芯片迎来换道超车的新机遇。科学的社会责任是科教兴国战略的核心。人类更为光明的未来是羚羊越过茫茫大漠去寻找的绿洲。当科学反作用于社会发展，其价值也由科学家个人对真理的追求与自我价值的实现，延展、上升到社会的进步与人类更好的发展。科学之树于日月辉映下，开出了满树繁花。

林清玄在《有情十二帖》中写道："花开是一种有情，是一种内在生命的完成。"而科学之"有情"与"内在生命"，或许正是它人文的精神内核——脱离现实引力的想象、拥抱种种可能的革新、对真理的不懈追寻、对未知的积极探求以及造福人类的初衷。在科学攀登真理险峰的过程，贯彻其中的人文精神也不断上升，变得伟大而高贵。

科学是向外寻找、探求衡量事物的标准；而诗歌是向内挖掘，建立丰盈的内心世界。向外张望与向内审视或许姿势不同，但本质上都是一种人类的追求。我们在探索世界的同时也在阅读自己，当无数鲜活的个体在时间长河中联结与延续，孤立的字节连成了句子，而绵延的句子串成了宇宙的诗歌。

奥尔罕在《我的名字叫红》中写道："我不想成为一棵树，而想成为它的意义。"不是每个人都会成为科学家，但每个人都可以有立足整体的视野、择一事终一生的热忱、探寻新事物的渴望、从实际出发的务实、天马行空的想象、破旧立新的开拓、笃行不怠的坚毅以及造福社会的责任意识。当我们成为科学家的意义，真正懂得科学背后所凝聚的精神价值，科学之树的繁花也绽放在了我们每个人心中。

纵使白发生

　　辛弃疾，生于宋高宗绍兴十年，青年时便"两随计吏抵燕山，谛观形势"，立下驱虏复国之壮志。后起义反金，率五十骑袭金军敌营，生擒叛徒，名重一时；仕于南宋，数谏《美芹十论》《九议》，建"飞虎军"，主张抗金北伐；然备受排挤，调任频繁，不得重用，遂闲居在乡，多不出仕。《宋史》称其"持论劲直，不为迎合""豪爽尚气节"。刘宰称其"命世大才，济时远略"。

　　文韬武略，以功业自诩，偏生逢乱世，壮志难酬。经天纬地之才，气吞山河之志，加之苟且偷安的南宋朝廷，使辛弃疾的一生成为伟大的悲剧。《康熙济南府志·人物志》载其临终时仍大呼"杀贼！杀贼！"他一生矢志报国，从未动摇。这场悲剧毁灭的有价值之物不是他的精忠大义、铮铮铁骨，而是他的希望。叔本华将希望定义为"把渴望某一事情的发生混淆成认为这一事情很有可能发生"，辛弃疾的一生，面临的便是可能性的丧失和希望的破灭。少时登高望远，指画山河，勇闯敌营，意气风发，而后郁郁不得志，最终看清南宋统治集团的腐朽本质。晚年被授军职，他的精神为之一振，然命运多舛，终未能重返战场，自言报国无门，年少向往金戈铁马的种种可能随岁月流逝，终成"可怜白发生"的低叹。将倾之南宋若冰谷，而辛弃疾是宁愿烧完也不愿冻灭的死火。人的自我选择与实现有局限性，冻灭与烧完，殊途同归。亦如在时代的巨轮下，辛弃疾无论如何都难以重振南宋。但冻灭的生命徒有空壳，没有光影。而烧完过程中的片刻光辉赋予生命意义与价值。因此，纵使南宋朝廷是"剩水残山无态度"，是"斜阳正在烟柳断肠处"，他仍献身于此，以一个生命所能发挥的热情。有限的选择亦体现了人在既定命运前的主观能动性，一种如野草蔓延草原、随风起舞的自由与不屈。一如辛弃疾在绝望的泥沼中挣扎，被壮志难酬的悲愤和时代面前真切的渺小感裹挟，却不甘沉沦，不愿妥协，坚守在一己境遇选择一己态度的自由。强烈的爱国信念令他在国事衰微之际悲慨，又让他在万念俱灰之中奋起，如倔强的海浪，无数次被现实的礁石击碎，又无数次扑向礁石。希腊神话中的西西弗斯永远处于苦难的循环中，接受着诸神无休止的惩罚——每当伤痕累累的他把巨石推上顶峰，巨石便会从他手中滑落，滚到谷底。辛弃疾亦是如此，为驱虏复国一次又一次向高处挣扎，于希望破灭后一次又一次选择坚忍，选择相信，在巨石的向上与滚落中度过自己起起伏伏的一生。人并非完全受限，辛弃疾无法选择命运与境遇，却能选择对现实给予的苦难的态度。即使巨石一次次滚落，西西弗斯仍可以选择为爬上山顶斗争；即使驱虏复国的希望愈发渺茫，辛弃疾仍可以选择再一次相信，以此为盾抵抗空虚中暗夜的袭来。加缪认为"西西弗斯无声的全部快乐就在于他的命运是属于他的，他的岩石是他的事情"。命运置他于山脚，而接受或反抗的选择在他。辛弃疾的悲体现在巨石必然的滚落，壮则体现在他于绝望中向高处不屈不挠的挣扎。

　　繁花夹道属于山麓，苍鹰盘旋属于山腰。而当英雄登上山顶，却只见高风悲旋，蓝天四垂。从少时的金戈铁马的雄心到晚年报国无门的悲慨，英雄所遇，是被丛生的荆棘划烂的双手，被孤单的长途磨破的双脚。辛弃疾无疑是这样一位英雄，豪壮与绝望交织，大起大落终成瀑布般磅礴的冲击力量。

连山起烟雾

　　月光落入蜀中溪流，碎成六瓣。我捧起其中一瓣，坚硬，轻盈，它融化于我的手心。一股急流将我托起，欣悦而深沉的力量让我重新变得恬静。满天星斗清亮，像明亮的泪滴。我谛听它们的召唤，在山峦、海洋和旷野上漫行。

　　峻峭巍峨的山崖那端，有人在放声吟啸："三杯吐然诺，五岳倒为轻……"近了，近了，白鹿的蹄声，响彻那沉默的树林，引得地下埋藏的无数年代，一同战栗。

　　"谪仙人！久仰盛名！"我惊呼。

　　他下了白鹿，倚在一棵树上，慢悠悠地酌他的酒。

　　"谪仙人？乘风上青天绝非易事。

　　"晚生愿闻其详。"

　　"去年今日，夜闻玉笛，府邸忽隐，茫茫如坠云海。不见宝马雕车鱼龙舞，唯见青天中道流孤月。长风忽烈烈，乃御剑而行，直抵峰峦之上。

　　清风抽离我的剑意，将其深深融入燃烧的白雪和广阔的岑寂。而当我完全属于那份淳厚的宁静，我开始缓慢地向上漂流，不断轻盈，愈发宽广，几乎要撑破生存的外壳，像鲲那般，骞扬而奋鬐，直出海面。可我忽感来自下方的拖力。我的酒壶变得那般沉，引我直直下坠。

"也罢，成仙作甚？不食五谷，吸风饮露，倒不如闲倚栏下，温月光下酒。琼楼玉宇，雕栏玉砌，素手把芙蓉，虚步蹑太清，霓裳曳广带，起舞弄清影，又怎敌驾一叶扁舟，兴酣扣舷歌五岳，海客无心随白鸥？"

"也是。带一捧月光、一壶酒，携清风与剑意上路，比上青天快活多哩！飘逸出尘，豪放不羁，尘网中有您这般性情中人，实乃难得！"

"非也。梅落吴山，西风残照，霜凋碧荷，箫声朔雪，常引我浩叹于这广袤寂寥的天地。志不得伸、明君难寻、年华空逝、知交零落、山河残破，万般感慨亦曾充斥心间。有时我也想，生活是去忍受现实给我的苦难、无聊和彷徨，有时也质疑，是否只在烟涛微茫、云霞明灭之际，现实才会闪闪发亮？

我给现实抹上虚幻的色彩，塞满个人想象和理解。而生命的真相究竟是什么？是悲鸟号古木，飞流争喧豗，还是月明如素花含烟，澄江净如练，抑或大漠走黄沙，夜寂北风发？古往今来，任何对生命的认识都只是看法，看法可能获得认同，但共识绝不等同于真理。有什么能成为绝对的真理呢？如果我们只能阐释绝对真理的话，我们无话可说，人类的诗歌和历史只会是一片沉默的空白。

当我的内心向我敞开时，我便用诗真诚地表露部分自我。我的认知未必是准确的，但它们是完整的。"

"想必你不知，在我来自的时代，你被定义为一个浪漫主义诗人，而你的挚友杜甫则是广为人知的现实主义诗人。因为你用充沛的情感和绮丽的想象看待世界，而他则真实客观地再现社会现实。听君一席话，便知二者不过是对世界不同的认知方式罢了。"

"我通过虚幻的想象认识世界，是因为我力图用内心的精神力量去超越现实困境。仕途受阻又如何？在我的诗歌王国里，我有我的白鹿、长风、美酒和明月，我有我的旷野、夜晚和抒情，坚硬的条条白雪是我的王座，没有什么能让我屈服。生似幻化、终归虚无又如何？鲲鹏去后还有鲲鹏，月华淡去星辰便显露，至少曾有一壶酒、一份剑意与清风属于我，让我用诗收藏那刹那的永恒。世人用常识、戒律和功名认识世界，于是他们成了樊笼中的囚犯。而我的梦境斩断了现实束缚我的锁链，让我成为簸却沧溟的大鹏、泻落人间的银河和夏日澄澈的蓝色清晨。

迷惘与困惑滋长了我的渴望、幻想与力量，我生命的激情如这蜀地的江流般奔涌，澎湃难平。"

"可有时你也逃避吧？"

"我想，有时我无法承受太多的真实与撕裂。

我要济苍生，安社稷。但自我实现多有局限性，我不得不倚仗王侯将相的力量。而他们只把我当作插在花瓶里供人欣赏的静物。现实有时如此不堪，我无力抗争却又不甘沉沦。兴酣落笔摇五岳，诗成笑傲凌沧洲。我是那般骄傲，怎甘让自己的身躯被现实的泥沼一寸寸蚕食。倒不如归去。曲附以得功名，不若抱明月而长终。

我遂从幻想中寻找精神的安慰与寄托。可纵使沉湎于孤月河汉、兰陵美酒，现实的种种仍时来挑拨。我看见残破的山河和流离的百姓，看见流血涂野草，豺狼尽冠缨。平交王侯、一匡天下、立抵卿相的少年意气，每每在无风的静夜激荡心口。我清晰地感到自己的撕裂，我无法像漫天星斗那般清亮、纯粹。"

许久他又叹："此生何所似？连山起烟雾。吾尝跂而望，终日而思，念山尽处为海，水浸碧天天似水。欲若云中鸟，将船乘天风，一去无踪迹。道阻且长，行而不辍。怎料山尽处仍为山，不见青云不见月，风飘大荒寒。

"吾观吾生，连山起烟雾。月下沉吟久不归，愁如回飙乱白雪。遂散发弄扁舟，不求飞仙不求显。归去来兮，归去来兮！枕江上之清风，抱山间之明月。澄江静如练。"

海客谈瀛洲，烟涛微茫信难求。驻足远眺，云霞明灭间，忽觉现时此刻才是唯一真实的陆地。

他又骑上他的白鹿。他说他听见了大鹏扶摇直上的吟啸，他身体里的清风和剑气，正呼应着它们，指引他归向他的夜晚和诗歌。

心怀彼岸，稳筑生命的大陆

畅游人生之海，我们要经历一次次的上岸，方能跃过龙门，成就自我。无论是眺望彼岸，在连绵不绝的渴望中堆筑生命的高度，还是享受过程，于每一个丰盈的当下拓展生命的广度，最终都指向自我完善与精神成长。

在一次次"上岸"中行稳致远，是借彼岸的罗盘掌舵，在满载种种不确定的海洋里游向我们希冀的那一种可能，是在主动选定生活方案的过程中明确人生的航向与价值，培养认知、判断、道德能力，于渴望的上升中超越自身局限，堆筑生命的新高度。正如杜加尔所说："生活是一种绵延不绝的渴望，渴望不断上升，变得伟大而高尚。"在生命之海中，如果我们没有自己向往的一方陆地，便只能任由命运的风暴将我们推向未知与随机的海域。而对彼岸的渴望赋予我们一往无前的孤勇和向高处挣扎的坚韧，让我们不畏海水的苦涩，在命运的风暴前坚守一己态度与一己生活方式，义无反顾地追寻心中的月亮，于一次次上岸的"自强不息"中不断雕琢自身，达到"至善"的人生境界。《肖申克的救赎》中，安迪的彼岸是蔚蓝的太平洋，于是他历时十九年用小鹤嘴锄挖出了一条通往自由的隧道，将自己与狱友从心灵的高墙后救赎；《月亮与六便士》中，斯特里克兰的彼岸是艺术与美，于是他在茫茫大海的孤岛上借绘画传达世间奥义，用生命完成了超越世俗的绽放。他们的彼岸不是因为存在才相信，而是因为相信才存在。彼岸的力量正是相信的力量，一种身处万难破毁的铁屋中，仍于内心寻找出口的倔强。它让我们迷惘的目光变得清亮，让我们在黑暗与风雪中抱定心中的信念，为更自由广阔的大陆与更高远的人生境界奋勇前行。

　　然而，当我们为了上岸而自强不息时，也要把握好人生航向，以免偏离航道搁浅在"心为形役"的边滩。上岸的定义不应被简化为通过考试或完成功利性目标。完成一个又一个具体的阶段性任务是自我实现的手段，而非终极目的。彼岸的高度影响生命的高度。如果我们一味执着于追求功利的人生目标，将其视作最终落脚的大陆，就有可能陷入"唯分数论""唯学历论""唯职称论"的狭隘之中，让接二连三的任务挤占我们精神自由生长的空间，于名利的驱逐下浑噩度日。于人生之海中行稳致远，离不开更辽阔高远的彼岸的指引。借助彼岸的罗盘，我们的目光得以穿透眼前海上的迷雾，望向更长远的未来，进而更好地卯定自身坐标，调整"上岸"状态，修正人生航线。

　　"上岸"的终极意义既是自我完善与精神成长，那么在"上岸"的路上，我们亦应充实过程，丰盈生命。明志方能笃行，但当我们因视线聚焦于彼岸而忽视海洋中翻涌的种种可能，当我们每天的生活只是出于对"上岸"的期待而勉强忍受，当下被简化成了通往理想未来的途径，而上岸成了意义的唯一来源，我们的生命便很难不被这一个又一个的目标窄化。选定彼岸是积极把握人生的航向，而非排斥过程中未知与随机带来的惊喜。一如马林·索雷斯库在《毒药》中诗意的表述："由于河流，我的双足磨圆了路上的每一颗石子，依然在打听大海的下落。我感到自己仿佛变得蔚蓝，变得无边无际，眼睛和指尖上栖息着无数的星辰。"对彼岸渴望让我们始终在路上，内心澎湃着希望，以追逐与仰望的姿态，去体验从未有过的情感，去见证令人惊叹的事物，去拥抱想法不同的人们。在一次次上岸的过程中，我们也在开拓视野，冲破艰险，看见世界，探索生活的种种可能，勇敢应对未知的生命的考验，我们的精神愈加明亮，生命日趋丰盈，终如海洋一般蔚蓝、广阔。

追逐彼岸的过程难免有风暴与挫败。如果我们最终稳定的大陆是自我完善与精神成长，那么受挫之时，暂且搁置对彼岸的执念，回归每一轻松平静、不受打扰的现时此刻的价值，亦不失为生命成长中的"曲径通幽"。苏轼也曾执着于"何日遣冯唐"，惆怅于"有恨无人省"。而当他一生的坎坷不济与春风得意都随江水滚滚东逝，他终以"人生如梦，一樽还酹江月""小舟从此逝，江海寄余生"超越了生存的痛苦与虚无，以另一种方式丰盈生命，走向精神的超越、自我的成熟。他知人生苦短，因而不愿一生被世俗束缚，不愿终日为名利奔走。他只愿享受赤壁之下那一晚的清风明月，那一刻的永恒，乘小舟而去，内心的不平之气或狂喜之情皆消散，如江面一般"风静縠纹平"。而这，又何尝不是一种精神的上岸呢？叔本华道："痛苦只涉及意欲，是由意欲受到了拂逆、抑制和阻碍造成的。"彼岸存在于不确定的未来和我们闪闪发光的想象，当下则是我们直接立足的真实而稳定的大陆。当我们为上岸的意欲所苦之时，不妨放下执念，到庄子的"无何有之乡"一游，从纷乱的现实中抽身，抛开不在眼前的彼岸，全心全意地沉浸于真实、完整而饱满的此刻，平静、清晰、不受打扰地感知当下，拓展生命的广度。但搁置对彼岸的执念并非就此放弃自我追求和社会价值的实现停滞不前。诗意的内心世界好比我们在逼仄的生活中搭起的空中楼阁，让我们在短暂逃离现实羁绊的同时美化、净化自己的生命，汲取前行的力量，以更澄明的心境、更充沛的热情再出发。

我们每个人最终的"上岸"是抵达辽阔高远的人生境界，构筑属于自己的精神家园。这块独立而稳定的大陆让我们在世事变迁中，始终纯粹而坚定，拥有不被外界疾风吹倒的韧性。而上岸途中，我们既要眺望彼岸，让绵延不绝的渴望不断上升，化作栖息于我们指尖的星辰和溃烂的伤口长出的翅膀；也要丰盈当下，拥抱更广阔的现实海洋，借当下纯粹之美充实生命，最终抵达属于自己的大陆，书写辽阔高远的人生。

旧去新来，生生不息

心理学家诺埃尔·尼尔森在《每天制造一个奇迹》中写道："无论何时，一旦有事物离开你的生活，就会有新的事物进入你的生活。"旧去新来之间，我们需要淡化得失，坦然应对升降起落的韧性，也需要把握时机，于变局中开新局的智慧，更需要吐故纳新，于时代潮头自我革命的觉悟，方可谱写生生不息的篇章。

当旧事物的消亡成为既定事实，一味沉溺于失去，只会让过往的锁链拖住前进的步伐。《祝福》中的祥林嫂反复诉说阿毛遇害的经历，在一句句"我真傻，真的"中不断咀嚼自己的悲痛，以致陷入昔日苦难的泥沼难以自拔；《三块广告牌》中的米尔德雷德无法释怀女儿被奸杀的悲惨事实，绝望的她偏执地怪罪于未能破案的警长，满腔怒气换不来正义，却招致更大的愤怒。并非所有的裂缝都能被弥合，一味执着于失去，沉溺于抱怨命运坎坷、世道不公，便再难看见不断敞开的未来中尚存的希望，再难感受坚硬的人世间尚存的柔软。

旧去新来，生生不息，生命总是在悲凉中透出淡淡温情。

"生活的不确定性，正是我们希望的来源。"在旧与新的转变中，我们终要学会悦纳未知，寻觅新的希望，开启新的可能。苏东坡因乌台诗案被贬黄州，失去了亲友间连篇累牍的唱和，失去了成名后万人仰慕的光辉，终日扁舟草履，放浪山水。当人世的喧闹离他而去，他得以在精神的孤独里剖析自我，在无言的山水中参透苦难。他习读佛经，垦荒种地，剥除迎合社会、取悦他人的矫饰，回归生命的本真和对一切事物理解后的超然，走向精神的澄澈、自我的成熟与艺术的升华。从"有恨无人省"的悲愤到"也无风雨也无晴"的从容，苏东坡以新局破旧局，终抵更辽阔高远的人生境界。黄州为他提供的只是一隅安身之处和一种新生的可能，而苏东坡以他的精神力量让这种可能得到了实现。面对失去与苦难，与其如祥林嫂般向周围申诉求告，或陷入米尔德雷德式被愤恨蒙蔽双眼的偏激，不如将旧去新来的转变视作成长的契机，从新事物中收获启迪，积淀智慧，以灭寂后新生的更为成熟的自我，坦然接受失去，同自己与世界的残缺和解，拥抱从裂缝涌入的阳光和生生不息的希望。

我们既需要坦然应对人生得失与命运起落的豁达从容，也需要拥有在洞察与抗争中自我更新的赤诚勇敢。旧去新来之于自我，是向内审视，剔除灵魂的腐肉，推倒秩序的高墙，为更明亮的精神腾出生长的空间。《复活》中的聂赫留朵夫审视自己的无情、虚伪与堕落，同腐化的贵族阶层决裂，以真诚的忏悔和赎罪重获灵魂新生；梭罗隐居瓦尔登湖畔，为生活做减法，为思想做加法，放弃了世俗的功名利禄，却也因此拥有无数艳阳天与夏日。自我更新，是以正视自我的勇气和匡正自我的决心，刮骨疗毒，以高尚战胜卑鄙，以理性驱逐愚昧，以热爱消解仇恨；是冲破旧秩序的罗网，挣脱世俗的锁链，在不一样的旅途上探索自我实现的多元可能。

　　自我如是，时代亦然。古今兴替中，敢于吐故纳新，方可赢得历史的主动，生生不息。洋务运动妄想革新利器挽清朝于滔天狂澜，维新变法企图改良政体救帝制于强弩之末，终因无法与旧秩序彻底割裂而搁浅于历史的边滩。待到推倒了病入膏肓的清王朝，走出了禁锢民主封建统治的铁屋，站在更广阔的天地间，人们才得以听见远方真理的召唤，借马克思主义中国化开启中国革命的新篇章。历史的旧去新来并非冬去春来的自然更替，而需先锋敢为人先，开拓全新奋进之境。所谓先锋，敢于破旧立新，秉"批评""创造"之利刃，冲破旧秩序之铁屋，觅得新境中生生不息的希望。无论是尼采高喊上帝已死，通过否定绝对价值，张扬重估一切价值、为自己创造新生的自由之帆，还是培根以《新工具》封面一艘超过矗立于"极西"之地的赫拉克勒斯之柱的船，昭示他崭新的归纳法将取代演绎法，引领人们开拓认知边界。新旧更替的不确定性，在带来希望的同时也带来恐惧。先锋者既有反抗旧秩序的胆魄，又有洞察新潮流的深刻，如孤峰般巍然立于历史潮流。真理、热忱与关怀在他们心中亮起一天星月的清辉，让他们永远清澈、平静、饱满，在最深的夜里也清晰地知道自己应去往何方，以纯真坚实的脚步开辟新天地。

　　但新旧事物并非完全割裂。吐故不等于弃故，在主动剔除与选择中，把握扬弃之钥，方可开启重塑春天之门。《百年孤独》中商道开通后，原本与世隔绝的马孔多小镇在文明洪流冲击下陷入清醒的梦幻，患上失眠症的居民开始淡忘童年的记忆、事物的名称与个人的身份。一味固守旧事物的朽木死灰只能任由历史的巨轮滚碾而过，全盘接纳新事物的无根之木终将被时代的狂风吹倒。诗经有言"周虽旧邦，其命维新"，古老的邦国可通过革新实现再生，旧物通过创造性转化与创新性发展后，亦可以新的生命力重塑春天。引时代之活水，濯洗旧物之污垢，萃取精华，融合新意，创造新物，方可从历史走向未来，从延续民族血脉中开拓前进。

旧去新来，生生不息。我们不妨看淡得失，以轻盈的步伐、澄明的心境迈向未来，在与时代同频共振的持续自我更新中，寻觅山穷水尽后的柳暗花明。

在求"不"中成长的理想主义者

求不与求是相反相成，统一于追求真理的漫漫长途中。而真正的理想主义者，是在看见"不"的真相后依然选择热爱与坚守，为求是奋勇前行。

对真理的坚守不等于狂热执拗的相信。真正的理想主义者绝不是陶醉于完美假象的幻想家，而是勇于直面"不"的真相，接受"是"的残缺的猛士。对"不"的悦纳是对真理真正的尊重，更是开拓新境的第一步。一个人对自身的所作所为，倘若不加反思，一味认定为"是"，便可能一叶障目，迷失在逻辑自洽的迷宫中。如腐朽的清王朝，面对外来文明的冲击，仍自诩"天朝上国""无所不有"，最终搁浅于历史的边滩。而一个人若对外界的认知，譬如书本的理论与前人的权威，全盘接纳，对纰漏之处视而不见，便也只能作攀附在前人学说树干上的凌霄花和为前人绿荫重复单调颂歌的百灵鸟，困于思想的樊笼中止步不前。伽利略凭动人的雄辩捍卫日心说的真理，勇敢反抗教皇地心说的权威。培根凭《新工具》一书向亚里士多德的演绎推理法提出挑战，引领近代科学开辟新境。他们说

"不"的呐喊掷地有声，让曾经只有"是"的死水重获生机。过度依赖拐杖的结果是丧失行走的能力，在向前人之"是"虚心求教的同时，羽翼渐丰的探索者亦应向未知丛林的更深处跋涉，越过刻满已知之"是"的高墙，在更广阔的天地间发现"不"的真相，大胆质疑，小心求证，以切实探索开拓前人认知边界。

　　"不"与"是"的辩证否定，启发的不仅是质疑的精神，更是转换视角的智慧。将"不"看作认识的终结，便只能故步自封；而若将求不看作求是的开始，借"不"启发"是"之思考，求不亦可为求是开创全新的探索思路。建筑师王澍不惧废弃矿山对杭州版本馆建设的挑战，将库房藏于矿坑之中，又杂植龙井，掩映成趣，用现代建筑语言修复人与自然的关系。代国宏在汶川地震中失去双腿，从泳队退役后创立代国宏生命认知教育工作室，以切身经历给予他人觅渡的勇气与力量。这是人事与天命、残缺与丰盈的辩证统一。转换视角的智慧赋予我们化不利为有利的力量、于困局中开新局的胆魄和坦然应对生命升降起落的韧性，将"不"视为全新领域求是的开始，裂缝也就成了光照进来的地方，生命得以拥有无限可能与生生不息的希望。

　　"是"往往是有条件地、相对地成立的。从繁杂的经验中归纳、抽象出的"是"难免有纰漏，不具备绝对的普适性。求不是对已有之"是"的辩证否定，而非完全摒弃。求不让我们以更广阔的视野把握事物的整体，让真理在经受一次次"不"的考验后，不断超越自身。以质疑之精神和转换之智慧为羽翼，将"不"看作成长的契机，为"是"上下求索，我们也就在艰辛的失败与尝试中成了求是的理想主义者。

在求不后继续求是，是以正视自我的勇气和匡正自我的决心，在对自我的辩证否定中超越自身局限，通过持之以恒的自我完善永葆思想之清明与精神之葱郁。《雷雨》中周朴园几十年来自导自演各种自我感动的戏码，企图消解内心的愧疚，洗刷自身的罪恶；《玩偶之家》里海尔茂借娜拉脆弱的外表来掩盖自己控制妻子的不堪事实。伪善的他们都在回避自己人性中自私无情、缺乏担当的"不"的一面，任凭内心的幽暗在道德的假面后滋长，直至完全挤占掉良心的位置，失去自我。以自我美化逃避"不"的真相，后果便是迷失在逻辑自洽的迷宫中，于混沌中走向灭亡。鲁迅在《墓碣文》中写道："有一游魂，化为长蛇，口有毒牙。不以啮人，自啮其身，终以殒颠。"足以见其与旧我的思想阴影决裂的痛苦。真正的理想主义者从不自欺欺人地逃避错误与残缺之"不"，而是如鲁迅一般真诚地解剖自我，接纳自身的不完美，再以猛士精神剔除灵魂的腐肉，为更加明亮的精神腾出生长的空间。在求不后继续求是，是战胜在错误和残缺面前的焦虑、恐惧与自卑，向幽暗深处的自我伸出手去，于勇猛的自噬中收获生命的成长，修正求是之航线。

在求不后继续求是，亦是在突破环境局限的过程中不断成长，抵达自我实现的彼岸。真正的理想主义者是在走出铭刻"是"的象牙塔后，面对现实中涌现的千百个繁琐的新问题，依然坚守求是之信念，为求是一次次解决"不"的难题，不断磨砺自我，抵达更辽阔高远的人生境界。曹丰泽从清华大学毕业后，钻进非洲荒凉的山沟，在异国多元文化的碰撞和工地艰苦条件的磨砺中成长，让理想在下凯富峡水电站的建设中落地生根。真正的理想主义者不气馁，有召唤，始终满怀希望，为前路之"是"

笃行不怠。当求不开辟出的荒芜之野因求是的耕耘而蓬勃生春，理想也在艰辛的失败与探索中落地生根。

愿我们在求是与求不的统一中，步履不停，勇当在求"不"的艰辛探索中求"是"的理想主义者。

打破职业边界 活化工匠精神

　　"匠，木工也。"而在方寸之地凭借一"斤"精雕细琢的工匠精神，早已不是过去人们眼中简单低级的机械动作。在职业选择越来越多元化，自动化程度越来越高的现代社会，如何消解脑力劳动与体力劳动的边界，将传统工匠精神推而广之、发扬光大，是新时代的劳动新课题。

　　将脑力活做成体力活，是以踏实之态度对抗浮躁之风气，将工匠的实干精神落实到真诚的劳动与创造中。农业科学家丁颖75岁高龄仍亲自带队考察西北稻区，甚至在肝癌恶化后依旧坚持完成考察报告；草业科学家任继周在乌鞘岭建立我国第一个高山草原试验站，山上山下一天走一百多里路也不觉累。他们将脑力活做成了体力活，在科研之路上一步一步走出了更为扎实的学问。"真诚的科学工作者，就是真诚的劳动者。"无论是脑力活还是体力话，都要擦亮劳动光荣的价值原色，都要有脚踏实地、尽心竭力的付出。在"十天速成""三步秒变""零基础突破"的浮躁之风下，我们呼唤那一刀一锉、静心打磨中一丝不苟的严谨、稳扎稳打的谦逊与锲而不舍的坚韧。

把体力活做成脑力活，是以技进乎道的智慧消解徒劳无功的盲目，将工匠的钻研精神厚植于与时俱进的巧思与创造中。如今，不少人认为白领比蓝领体面，是因为他们给体力活打上了技术含量低、机械重复、粗重不堪的标签。但看似平凡的体力活其实大可有为。宰牛本是砍骨割肉、粗野繁重的体力活，但庖丁能使解牛之声"合于《桑林》之舞"，使手中之刀"刀刃若新发于硎"，只因他技进乎道，懂得顺应牛体的自然结构，全神贯注，谨慎藏锋。许多像庖丁一样的能工巧匠，在精进技艺的同时，静心沉潜，修炼生命哲学与美学。

把体力活做成脑力活，是在踏实的实践探索中，透过事物纷繁复杂的表象看到本质，利用客观规律觅得解决问题的最佳途径。古有隋代石匠李春利用移动鹰架实现赵州桥的灵活砌筑与修缮，今有"最美快递员"窦立国手绘地图，自创"避堵攻略"，将投递时间最优化。实干不是蛮干，把体力活做成游刃有余的脑力活，是将双手从无意义的机械劳动中解放，积蓄力量，突破关键，是找对方向、好钢用在刀刃上的大智慧；也是将思想从传统方法、过往经验中解放，另辟蹊径，铆劲创新，是在平凡中追求卓越、探索个性化自我实现的大格局。

脑力活与体力活合一，是借躬身实践深化认识，开拓创新。农业科学院研究员周美亮六年来带领团队跋涉十万余千米，收集20余种1500多份野生荞麦种材料，摸清了我国野生荞麦资源分布的范围和丰度。操千曲而后晓声，观千剑而后识器。工匠的一刀一锉雕琢的是器物，锤炼的是技艺，打磨的是心性，开拓的是思维。

脑力活与体力活的合一，是将纸上得来付诸行动，在发扬工匠精神的过程中改造世界。中国林科院的硕博连读生杨安仁返乡创业，用科技助推油桐产业发展；援非医生王佳不畏艰苦，在人力不足的情况下独自包揽放射科所有工作，以仁心仁术造福非洲人民。工匠精神创造美好世界，同时也拓展着匠人们生命的广度与深度。

工匠将审美追求外化于器物，于方寸之间创造美好；我辈青年则应将所学付诸实践，将责任与担当外化为改造社会的现实力量，用实际行动讲好中国故事，在知行合一中让工匠精神落地生根，以个性化自我实现成就多元之文化、青春之中国。

做精神明亮之人

　　林清玄在《夜观流星》中写道："重要的不是我们知道了多少天空的事物，而是它给了我们什么样心灵的启示……天空的冥思可以让我们更关切生活的大地。"对天空的敏感，让我们成为精神明亮，郁郁葱葱的人。

　　《庄子·人间世》有言："人皆知有用之用，却不知无用之用也。"天空之美，在润泽生命的无用之大用，在脱离现实引力的想象、无关世俗功利的欣赏和对大地与人的关怀。指挥家曹鹏发起成立民间业余交响乐团，让音乐成为乐手逼仄生活中的缤纷糖果，滋养他们疲惫的心灵；美术教师段英子与学生一起创作浮雕壁画版《千里江山图》，让学生在繁重学业之余的"加餐"中收获快乐与自信。人在有用之用中生存，在无用之用中生长。仰望星空，是在世俗的枷锁下兴发飞扬的想象，在科技日新月异的时代复苏对人与大地最质朴的关怀。"已识乾坤大，犹怜草木青"，当我们学会了为广阔天地间一颗流星驻足仰望，我们也就学会了在超脱世俗的纯粹中与自然和自我对话，走向精神真正的成熟——在见识了人世的苍茫后依然葆有对生命的敬畏和对美好的敏感，于扎实的生活中寻找意义，辛勤劳作，诗意栖居。

朱光潜先生在《谈美》中写道："人要有出世的精神才可以做入世的事业。"天空之明，在出世的超拔与入世的热忱，在对美好与光明的希望、对未知上下求索的决心和对更辽阔高远的追求的笃定。天文学家梅林怀揣对自然的热爱与对科学的执着，发起成立西涌国际暗夜社区，从天文学者转变为保护光环境的行动者。工程师曹丰泽胸怀助力非洲发展的鸿鹄之志，在与异国工地的艰难磨合中让理想在下凯富峡水电站落地生根。仰望星空是为了更好地脚踏实地。对自我实现的不懈追求，在我们心中亮起满天星月的清辉，让我们在纷扰的尘世间依旧葆有澄明的心境，将热忱与希望播撒在尘天飞扬的大地上，做在看清世界真相后依然选择热爱、于细碎繁琐的工作中沉淀高远追求的理想主义者。

在人生的漫漫长途上，我们要做精神明亮之人，做用敏锐的眼睛观望世界的天鹅。林清玄叹惋于都市儿童大部分失去了"对天空的敏感"，失去了感知美好的敏感心灵。在当下快节奏的生活和日益激烈的竞争中，受"唯成绩论""唯学历论"裹挟的青年，难免落入心为形役的误区，沦为紧盯猎物的鹰隼。而我们需要的是在彻夜苦读时望望窗外的星空，借天空之美净化生命，让天空之明指引心灵，做精神高贵的天鹅，轻盈的羽毛下有刚劲的筋骨。感性与关怀、诗意与希望是我们的羽毛，让我们在动荡迁徙的道路上不失温和优雅的气质；笃定的追求、坚强的意志与踏实的求索是我们的筋骨，让我们得以飞越崇山峻岭，万里翱翔。光灿的流星让我们刚强的心中有了柔软的纹理，而这坚强中的柔软之感正是我们坦然应对生命起落的韧性。

　　走在这尘土飞扬的人世，不妨以光灿星河濯洗心灵之尘垢，指引求索之方向，不断迈向更高远的人生境界，做如流星般精神明亮之人。

目 的 思 维

　　航于人生之海，借"目的"之罗盘掌舵，方能行稳致远。齐宣王怀统一大志，却在诸侯纷争的时代忘记保民而王的初心，以武力征伐天下，如缘木求鱼，后患无穷。我们在人生旅途中也可能像齐宣王一般，或汲汲于功利性、浅表性的目标，忽略长远、本质的追求，或被外界种种纷扰所惑而失去最初的热情。前方多歧，唯有以"目的"带路，方能锚定坐标，修正人生航线。王小波曾写道，有人问一位登山者："谁都知道登山既危险又没什么实际好处，为什么要登山？"登山者回答："因为那座山峰在那里。"目的思维正是对更辽阔高远的追求之笃定，是"因为那座山峰在那里"的纯粹，不仅能为我们守住初心，还能赋予我们追梦的热忱与孤勇，去攀登生命的高峰。

做一棵独一无二的草

做一棵独一无二的草，是坦然接受自身的渺小，在自己的春天里郁郁葱葱。"我相信一片草叶所需费的工程不会少于星星。"做一棵独一无二的草，是接纳世界的参差多态并相信自身独特的价值。如惠特曼般平视宇宙万物，不俯视沙尘，也不仰视高山，我们得以在看见星辰的光芒万丈的同时，也看见自己作为一棵草的不同凡响，自信而淡然地走在阳光下。认真经营一棵草的工程，不仅是与自己的渺小和解，更是在认清自身渺小后依然坚定地生长，去触碰更高处的阳光。顾城言："人可生如蚁而美如神。"渺小如蝼蚁、草叶的我们，亦可以"如切如磋，如琢如磨"的热忱雕琢自身，以"野火烧不尽，春风吹又生"的坚韧抗击风雨，不断迈向更辽阔高远的人生境界，成就平凡中的伟大，成为真实而深刻的自我。

做行之有恒的长期主义者

做行之有恒的长期主义者，在自己的四季里缓慢而坚定地生长，方可走向自我的成熟，迎来人生的春季。陶渊明见"木欣欣以向荣，泉涓涓而始流"，慨叹万物得时的智慧。扎根、发芽、舒展枝叶、开花结果……认认真真地生长，微小的种子在时间的复利下也能成为参天大树。树如此，人亦如是。樊龙智十年来坚守对于极限与安全的追求，连续创办"黑龙江冰上马拉松"等多项业内知名马拉松赛事。疫情期间他创办的赛事被取消，跌入人生低谷的他选择在沿长城4182千米的马拉松中与自己对话，重拾创业信心。做长期主义者，是凭对高远追求的笃定和坦然应对升降起落的韧性，在如流岁月中找到自己的船锚，以踏实的积累换来最终的薄发，如草木般从容地在自己的四季里开花结果。

蓝色唱片机

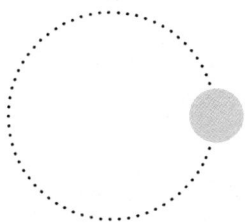

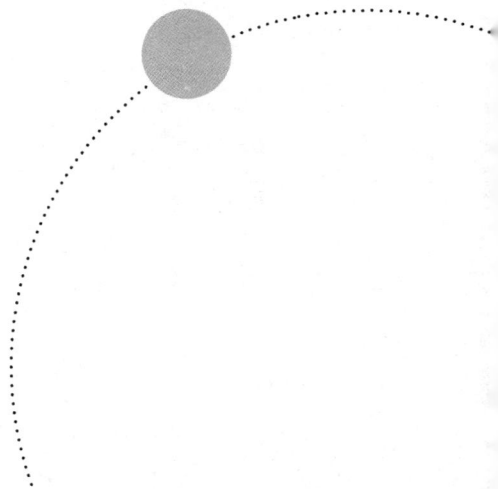

出走，归来

　　楚门走出去了，但1900没有。他选择待在熟悉的船上，与音乐相伴至生命的最后一秒。但无论是走出去的楚门还是走不出的1900，都勇敢而自由。

　　在我眼中，楚门在向外探索，而1900在向内找寻。

　　楚门从出生到成家立业的三十年被一位天才导演直播，一举一动都暴露在公众眼前。他一直没有发觉自己生活在片场，正在拍摄长剧。直到他从一个个细节中——比如从天上掉下的那个伪装成天狼星的影棚灯——发现了残酷的真相——他居住的桃源岛是一个巨大的片场。

　　当楚门决意离开时，楚门最好的朋友马龙对他说："我什么地方都到过，但都不及这里。"那是马龙在游历了外面真实的世界后由衷的感慨。而出生在片场的楚门甚至连真实的世界都未见过。一出生，他就被粗暴地剥夺了自主选择人生的权利。导演将片场的出口设在大海的尽头，又制造父亲"溺水身亡"的悲剧，让他从此恐惧大海。周围人向他展示"桃源岛获选全球最佳居所"的报纸，一遍遍地告诉他桃源岛是世界上最幸福的地方。他的生活一直在导演制定的轨道中有条不紊地运行着，而美丽富饶的桃源岛，这个导演一手创造的丰富华丽的小世界，不过是局限他的了无生趣的囚牢。

最开始，楚门试图离开桃源岛是为了去斐济找他的初恋女友施维雅。但与其说楚门逃离桃源岛是为了爱情，我更宁愿相信施维雅是一个隐喻。施维雅并不是导演选定的女主角。在她眼中，楚门不是真人秀的主角，而是一个真实完整的人。她同情楚门的遭遇，想通过暗示启发楚门找到真相，最后缺额被节目组强行带走，终止拍摄。如果说他的妻子美露是导演选定的命运的安排，那么施维雅——这个楚门十几年来用别人照片的碎片，一点点拼凑出她模样的女孩——是他自己的选择。他对她的爱是发自内心的，他对她的思念是真真切切的。他爱的不仅是施维雅，更是他对这个世界真实的感知和基于这种感知作出的自主的选择。门外那个真实的世界并非云霞满天，星斗清亮，如童话般纯粹而美好。它不乏欺诈、不公、危险、丑恶，它可能会让楚门失望、愤怒、恐惧、迷茫。但无论如何，这是属于他的真实的一手体验。马龙喜欢桃源岛上循规蹈矩的幸福，那是他认识了真实的自我和世界后，在比较、鉴别、挑选的基础上认定的属于他的生活方式。或许走出去的楚门会后悔，会像马龙一样慨叹"我什么地方都到过，但都不及这里"。但是，后悔与失望是他的选择。而他应该有选择的权利。

"人性并不是一部机器，按照一种模型组建起来，并按设定精确执行规定好的工作；人性毋宁是一棵树，需要根据使它成为活物的内在力量的倾向，朝各个方面去成长与发展。""人类的官能如觉知力、判断力、辨别感、智力活动、甚至道德取舍等等，只有在进行选择中才会得到应用……智力和道德的能力也和肌肉的能力一样，是只有经过使用才会得到进展的。"生命不可能在机械的状态中生长，让外界代替自己选择生活方案，只能发展出猿猱般的模仿力。贫瘠的土地不能阻挡一棵树将枝干伸向高处的阳光，树真正的悲剧是困居于高墙的阴影下，慢慢失去内心的渴望，不再幻想春天，不再希冀自由，不再憧憬墙外的世界。纵使生来便在一只窄窄的花瓶，从未拥抱大地与阳光，楚门仍不愿做插在瓶中供人欣赏的静物，为环境所控。因为他知道他是蔓延在草原上随风起舞的韵律，他生来如此。纵使踏出门后，迎面而来的将是现实世界中的诸多不确定，他仍愿意用与海上风暴抗争的勇气与韧性，自主地应对生命的考验，在不确定中深化对世界与自我的认识，拥抱未知带来的种种可能，成为一个郁郁葱葱、独立自在的人。

有时，我觉得楚门是勇敢而成熟的抗争者，他已有足够的勇气去反抗命运的安排，迎接真实而不尽完美的世界。有时，我又觉得楚门像涉世未深的孩子，天真而执着地找寻着自己想要的一切。电影在楚门踏入真实世界的那一刻戛然而止。或许在电影结束时，楚门并未真正认识到迎接他的会是一个怎样的世界，他想过究竟是怎样的人生。他是一个还在路上的探索者。梭罗在《瓦尔登湖》中写道："我看到，年轻人，镇子里的人，他们的不幸恰恰在于继承了农场、房屋、谷仓、牛以及农具，因为这些东西获得比去掉容易。"丰厚的遗产是父辈们用汗水换来的，承载了他们对下一代的关心和期望。它们是给年轻人画的格子，让年轻人放弃对世界、对一己生存态度与生活方式的自主探索，子承父业，成为土地的农奴，把青春年华埋进泥土。楚门带给我们的是自由探索自我和世界的勇气。他要挣脱外界的束缚，在脱离生活常规的冒险中寻找生命的另一种可能，探索自己的小世界独特的运行方式。他要始终在路上，保持着追逐与仰望的姿态，去体验未曾有过的情感，去过真正让他感到骄傲的人生。还有许多令他惊叹的事物和想法不同的人，在时间的另一端静静等着，等待他与他们的遇合。

如果说楚门是毅然出走的探索者，那么1900便是自我精神家园的皈依者。

电影中有这样一段台词："1900懂得怎样阅读这个世界。他能参透人们的举手投足，他们的阶层、声音、气味，他们的故乡，他们的故事，他们一切的印记。他会解读，通过不断地观察、分析、组织，在自己的脑海里绘制一幅巨大的地图。或许他没有亲历其境，但三十年来，那艘船为他提供了窥探世界的窗口。这三十年来，在船上他对世界冷眼旁观，却得其精髓。"

三十年来，1900一直用自己的方式阅读着这个世界。1900向外找寻过，但在洞察了世界与自我后，他发现，这世上最珍贵的东西就在他内心深处。《心是孤独的猎手》中，米娅心里有两间屋子，"里屋"和"外屋"。学校、家和每天发生的事放在"外屋"，外国、她的计划和音乐藏在"里屋"。像米娅一样，音乐是1900的里屋，是他心灵的避难所，是他灵魂的皈依地，是一个真正属于他的世界。

1900这样向麦克斯解释他不下船的原因："并不是我看见的东西阻止了我，而是那些我看不见的。你能理解吗？庞大的城市里什么都有，就是没有尽头。拿钢琴来说，有起始键，有结束键。琴上88个键，一个不多一个也不少。他们不是无限的，你是无限的。在这些琴键上你创造出的音乐是无限的。我喜欢那样。但是你让我走到踏板上，去弹奏上百万的琴键。那个键盘是无限的。如果那个键盘是无限的，你无法演奏出音乐，你坐错凳子了，那是上帝的钢琴。陆地对我来说是一艘太大的船、太美的女人、太长的旅途、太浓烈的香水，是我不会弹奏的音乐。"

1900的世界有他自己运作的方式。他喜欢在船上与音乐相伴，用有限的琴键弹奏无限的音乐，而不是坐在上帝的钢琴前手足无措。在那个由他重估一切价值的世界里，他是自己心灵的主宰。

电影结尾，弗吉尼亚号即将被炸毁。1900选择待在熟悉的船上，与音乐相伴至生命的最后一秒。他曾因为一个丁香一样结着愁怨的姑娘而决意下船，却最终选择一辈子漂泊在海上。因为他不属于陆地上的世界，那个高楼林立、望不见尽头、充斥着欲望与欺诈的世界。他有他的世界，海浪舔舐着礁石，琴声像远处灯塔的亮光，若隐若现。他在船上用琴键构筑起属于他的精神家园，他害怕这个独属于他的世界会在上岸后分崩离析。1900至死不肯下船，不是因为恐惧，而是因为他勇敢。他是个抗争者，只不过他的抗争不是为了改变世界，而是为了不让世界改变自己。维克多·弗兰克在《活出生命的意义》里说："人所拥有的任何东西，都可以被剥夺，唯独人性最后的自由——也就是在任何境遇中选择一己态度和生活方式的自由——不能被剥夺。"1900愿意以生命为代价，维系自我的精神家园不受外界冲击而崩塌，捍卫属于他的人性最后的自由。直至生命的最后一刻，他指下的每个音符都未曾沾染世俗的尘埃，他的精神世界永远纯净如初。

1900让我想起《刺猬的优雅》。影片中，门房勒妮虽然一贫如洗，但谈吐不凡。她迎合别人的偏见，伪装成又老又丑、脾气暴躁的老太婆，在安静的书房里构建丰富的精神世界。芭洛玛年仅十一岁，却喜欢用哲学家的方式思考世界。人们觉得她古怪，缺乏小女孩的天真烂漫。她却依旧我行我素，探寻生命的价值与意义。勒妮和芭洛玛刺猬般抗拒着外界，藏在小世界的角落里，独自享受着优雅的精神生活。纵使现实生活中束缚颇多，她们的精神世界却可以不受任何限制，如海般广阔，如风般自由。

同1900一样，勒妮与芭洛玛的刺是为了坚守在一己境遇中选择一己生存方式的自由，不让世界改变自己。他们以他们的方式抗争着，在尘世中为自己留住了一片清静，如同一株沉默的草本植物，隐忍、蓬勃、回归自我、回归纯粹，粗犷地生长，在丰富的安静中开出满树繁花，赶赴生命的盛宴。当他们内心绵延不绝的渴望不断上升，他们也成了精神明亮、郁郁葱葱的人，以高贵、优雅的姿态向我们昭示生命的意义。在庞大而冰冷的现实世界中，个人的存在似乎是微渺的概念。但对自己而言，"我"可以是一切。纵使生命渺小如尘埃，转逝如夏虫，1900、勒妮、芭洛玛仍以其丰饶而广阔的精神世界，向我们诠释着顾城的那句诗——"人可生如蚁而美如神"。

歌德的《迷娘歌》有多个译本。杨武能的译本是："你知道吗，那柠檬花开的地方，/茂密的绿叶中，橙子金黄，/蓝天上送来宜人的和风，/桃金娘静立，月桂梢头高昂，/你可知道那地方？/前往，前往，/我愿跟随你，爱人啊，随你前往！"马君武的译本是："君识此，是何乡？园亭暗黑橙橘黄。/碧天无翳风微凉，没药沉静丛桂香。/君其识此乡？归欤归欤，愿与君归此乡……"一往一归，不尽相同。而我更喜欢杨武能的译本。原剧中的迷娘不知道出生于何地，也不知道父母是谁，更不知道自己的真实名字。只记得小时候，在一个夏天的傍晚，当她坐在湖畔游玩，一个粗暴的男人将她拐走，从此她便四方漂泊。在我眼中，迷娘是个探索者。她其实并不知道她那未曾谋面的家乡究竟是一个怎样的地方。她歌吟"桃金娘静立，月桂梢头高昂"，歌吟"厅堂辉煌，居室宽敞明亮"，歌吟"危崖欲坠，瀑布奔忙"，表面上是歌吟故乡，其实是歌吟她内心的憧憬。她渴望的爱情，向往的冒险，人与人间真诚的关怀……与其说归去，不如说寻找，她在寻找属于她的精神家园，她在追逐她生命的答案。

出走，回归，在我眼中是人生中一前一后的两个阶段。我们在出走的旅途上阅读自己，聆听世界，寻找属于我们生命的意义。当我们的生命在旅途中渐趋丰盈，我们不再慌张地向外张望，因为我们知道，世上最曼妙的风景不在别处，就在我们心中洒满月辉的清泉。在漫长的出走、流浪与找寻后，我们的心终于有了栖居的地方——一个我们亲手构筑的精神家园。

但归来的道路并非坦途。一路的跋涉，沿途的风沙飘进心中的清泉，我们再难像星斗那般清亮、纯粹。如果说出走的旅途是为生命做加法，那么归来的道路便是做减法。我们极其诚恳地自我剖析，在自啮的痛楚中剔除灵魂的腐肉、非我的矫饰，回归对生命意义最本真的渴望、最纯粹的追求，回归真正的自我，回归清纯和空灵、淡泊和静定。圣埃克苏佩里在《小王子》中写道："如果不去遍历世界，我们就不知道什么是我们精神和情感的寄托，但我们一旦遍历了世界，却发现我们再也无法回到那美好的地方去了。当我们开始寻求，我们就已经失去，而我们不开始寻求，我们根本无法知道自己身边的一切是如此可贵。"回归意味着做减法，意味着断舍离，意味着屏蔽外界的干扰和内心膨胀的欲望，借孤独的自省濯洗心灵，返璞归真。回归有时也意味着拒绝金钱、名望、权利和地位以维系精神家园的稳定与洁净，意味着以痛苦的牺牲和无畏的抗争，捍卫在一己境遇中选择一己生存态度的自由。圣埃克苏佩里所说的"一旦遍历了世界，却发现我们再也无法回到那美好的地方去了"的悲剧在不同的个体身上一次次上演。因为我们很难有1900的笃定和勇敢,我们无法决绝地舍弃我们出走途中的所得和渐渐膨胀的欲望,也因而难以回归生命本真。正因如此,1900的纯粹才显得那么难得,那么可贵。

楚门与1900,一个出走,一个回归。楚门还在追逐答案的路上,探索着属于他的独特的生活方式。1900已经归来,守着他的船,他的音乐,用一生皈依他的精神家园。但在我眼中,他们都勇敢而自由。1900和楚门虽然做出了不同的选择,但这些选择都发自他们内心。他们无畏的抗争最终指向真实而深刻的自我。

一株想要开花的植物

——读《月亮与六便士》有感

在我眼中，斯特里克兰是一株想要开花的植物。

植物的一生需从种子讲起，我相信每个人都是一颗独特的种子，有的是柏树的，有的是榕树的。可培育它们的土壤总是不约而同地为它们选择长成红豆杉的道路，就像斯特里克兰的父亲认为搞艺术赚不到钱，逼他学做生意。大多数人学会接受，忍耐生活赋予他们的责任，忘记蛰伏在内心深处的悸动，在一种井然有序的状态下循规蹈矩地活着，如同踏着光滑的冰面，足下无尘，倏忽万里，"我们唱了一路的歌，却发现无词无曲，我们走了很远很累，却忘了为何出发。"

而斯特里克兰不一样。他是一颗松树的种子，属于狂野不羁的旅途，属于陡峭险峻的山岭和暗流汹涌的海滩。正如王小波所说："如果一个人不会唱，那么全世界的歌对他毫无用处；如果他会唱，那他一定要唱自己的歌。"当他被迫接受生活的秩序，埋葬内心的渴望时，人梦寐以求的一切——金钱、名誉、家庭，对他而言毫无意义，他完全不受诱惑，或者这一切对他而言不是诱惑。当他决定开始追寻，他便要向他自己心中的月亮出发，去茫茫大海上的孤岛，在隐秘的山谷里寻找自己想要的东西。

　　电影《肖申克的救赎》中对监狱的高墙有这样一段描述："监狱里的高墙实在是很有趣。刚入狱的时候，你痛恨周围的高墙；慢慢地，你习惯了生活在其中；最终你会发现自己不得不依靠它而生存。这就是体制化。"我认为人在一定程度上是环境的产物。但是诞生于环境，不代表依赖环境，沦为环境的玩物。我们知道人的自我实现具有局限性，可能受到外界和先天条件的约束，但也强调人在一己境遇中选择一己态度和生存方式的自由，一种如伤痕累累的西西弗斯无数次把滚落的巨石推上顶峰般在既定命运前的主观能动性，一种如野草蔓延草原、随风起舞的自由与不屈。而若让外界代替自己选定生活方案，便只需亦步亦趋，生命少有火花与光亮，生出的是知觉的硬痂与悲哀的耐性。唯有像斯特里克兰那般追寻心中的月亮，方可凭借内心的渴望、对意义的追寻与强有力的自我意志，揪着自己的头发，将自己从环境的陷阱与泥沼中拔出。

　　因此，一颗种子真正的悲剧不是没有土壤，而是在高墙投下的阴影中慢慢萎靡，看不见春天。"动机是一种促使我们行动的力量，它来自个人内部。"斯特里克兰的灵魂深处埋着创作的本能，那是一种来自内心的真正的力量。即使这颗松树的种子最后长成了红豆杉，那种本能依旧潜伏在他心中，如滴水穿石，让他在长久的缄默后声震人间。并不是每个人都应像斯特里克兰一样成为艺术家，但每个人都应审视自己的人生，找回一颗种子内心对春天的全部渴望与幻想，找回所有被埋葬的追寻，长成自己的模样。这或许是斯特里克兰能够让我们产生共鸣的部分，他让我们相信雨果笔下的——"人生下来不是要拖着锁链，而是展开双翼。"

　　而当松树的种子最终落到适合它的土壤时，内心深处的渴望便生根、发芽，破土而出。这种渴望最终化作一种信念，催促着植物用积蓄的所有力量生长。"生活是一种绵延不绝的渴望，渴望不断上升，变得伟大而高贵。"这样的渴望给了斯特里克兰一种勇往直前的气概，让他义无反顾地去追寻。在路上，他饥寒交迫，恶病缠身，但他也获得了某种程度上的心安。渴望上升的过程是痛苦的，他遇见的是孤单的长途与全身的伤痕，这让他成为英雄，也让他的灵魂变得伟大而高尚。

王小波曾写到，有人问一位登山家为什么要去登山——谁都知道登山一事既危险，又没什么实际的好处。他回答道："因为那座山峰在那里。"斯特里克兰与登山家是相似的。他们放弃了山脚的安逸，只为去往荒凉的山顶。这样的行为在世人眼中无疑是荒谬的，因为他们衡量生命的标准不同。而于斯特里克兰而言，他有一种想要表达的渴望，有一种想要创造美的激情，这折磨着他，让他痛苦而炽热的灵魂挣扎着追寻。他眼中只有那座山。他为其倾尽一切，只因那座山峰就在那里。他追求美，"他是个永远在路上的朝圣者，昼夜思慕着某个神圣的地方。"

我不禁思索，一株植物的使命是什么？对大多数人而言，生长的意义在于结果。而斯特里克兰选择开花。《选择的诠释》中有这样一句话："瀑布之所以能够有强大的力量，就是因为他选准了一个突破口。"绘画是斯特里克兰的突破口，他倾注了生命中所有的热情，挣扎地描绘出某种灵魂的状态，真挚而笨拙地表达他发现的生活的秘密。一股强大的生命的力量，一种对美至死不渝的追寻，都透过画作这一突破口，如瀑布般喷薄而出。我愿称之为绽放，一种超越世俗的绽放。

而大多数种子不愿选择绽放，是因为开出的花终会凋谢，留下的只有一段惊心动魄的回忆。斯特里克兰创作出大师级的作品后，他达到了自己梦想中的境界，彻底地表达出内心的感受，然后他平静地接受了死亡，痛苦的灵魂得以安息。或许对大多数选择绽放的种子而言，开花便是生命的终点。朝圣者终于达到了他的目的地，"朝闻道，夕死可矣"。

更让我震撼的是他让爱塔烧毁了那幅画作——"他创造了一个世界，看到那个世界的美好。然后，他既骄傲又轻蔑地摧毁了它。"我想起他说"我必须画画"。是的，是必须画画，而不是必须成为艺术家。他不在乎自己是否出名，不在乎是否有人在看到他的画作后心驰神往。奥尔罕在《我的名字叫红》中写道："我不想成为一棵树，而想成为它的意义。"一如斯特里克兰追寻的不是实际的艺术家身份，而是艺术家的意义，那种如朝圣者般走在艺术道路上的赤诚和孤勇，那种追求美、创造美的强烈渴望。他最终成为了艺术家的意义，用生命完成了一次绽放。

"人是一种讲究实际的植物，他忙着给自己浇水、施肥、结果实，但常常忘记了开花。"这或许正是斯特里克兰给我们的启示——去审视自己的内心，去追寻灵魂的渴望，去成为一株想要开花的植物。

秩序与自我

——观电影《浪潮》有感

"人不能两次踏进同一条河流。"这是一个发生在德国学校活动周的故事。仍是那条路——电影开场，文格尔驾车前往学校，快活地哼着摇滚乐；电影结尾，一片寂静中，他坐上了警车。而对学生来说，这是一场无法被抹除的思想变革。尘埃落定后，他们已不再是一周前的他们。

在《个人形成论》中，雅各布在一项对美国大学生价值观的研究中指出："高等教育对大学生价值观主要的、总体的影响，就是要让大学生接受美国上流社会普遍接受的关于受过高等教育的男性和女性的价值标准以及态度体系。"也就是说，社会组织、大学或文化或许有把学生向某一方向引导、塑造的趋势。而影片中的台词"当今的人想叛逆，却找不到叛逆的方向"，描述的便是年轻人复杂的自我形成过程中的迷惘与不安。随着自我意识的觉醒，部分年轻人选择"逆流而上"，反抗某种试图塑造他们的秩序。而他们加入浪潮，似乎是为逃离某种秩序，而选择另一种秩序。不同的是，在加入组织时，他们获得了在一己境遇中选择一己生存方式的自由。相比于被动接受的秩序，主动相信的秩序更根深蒂固，他们扎根于当事人的脑海之中，藤蔓般蔓延进生活深处。

自我意识的觉醒或许是学生积极宣扬浪潮的原因之一。但他们的思想尚未成熟，如河边聚会时论及的"游荡的六个人"，他们坚定而又迷惘，想追寻，却不知何去何从。于是，加入浪潮后，蒂姆等人自认为找到了值得为之奋斗的目标。浪潮是赋予他们生命意义的事物。他们通过偏激的行为宣扬浪潮，让这个仅有数十人的组织如野火蔓延，越发盛行以至无法控制。

《人类简史》指出，从所知的纯粹科学角度来看，人类的生命本来就没有意义。我们对生活所赋予的任何意义，其实都只是错觉与幻想。于是"所谓的快乐，很可能只是让个人对意义的错觉和现行的集体错觉达成同步而已"。学生们总想相信些什么，以逃避内心深处的不安与空虚。浪潮是否真的有意义？这个问题的答案对他们而言已不再重要。重要的是在与他人统一步调的过程中，他们的信仰得到了前所未有的契合，对意义的错觉高度同步。这一切让他们得以说服自己——我们的所作所为是有意义的。

但电影中的相信是可怕的。一个人若没有独立、理性的思想和完整的自我，便只能顺应外部世界。建立在此基础上的相信是盲目的，一旦被心怀不轨的人利用，只会掀起狂热的混乱。《人类简史》指出，"自由""平等""权利"只是人类发明的概念，因此"从生物学的角度来看，要说人类在民主社会中是自由的，而在独裁统治下是不自由的，这点完全没有意义"。但是有些事物不是因为存在才相信，而是因为相信才存在。"自由的概念"是人类发明的，可若人类对民主与自由的概念深信不疑，信仰高度统一，"自由"便被赋予了实际意义，能让人们的生活发生实质性转变。这也是《浪潮》中独裁统治的可怕，一群学生的全体投入，足以让"独裁"由历史课上的名词，变为置身其中的人们真实的生活。浪潮这一群体对学生而言并无意义，但相信浪潮能让学生从中汲取某种力量。若他们不能清醒地看见相信造成的后果，他们或许会将这股力量用在偏激之处，更坚定不移地拥护浪潮的引导，并认为这样的拥护会创造因相信而存在的美好未来。

这便是所谓的"由想象所建构的秩序"，一堵存在于人和人之间思想连接的高墙。当穿红衣的卡罗坐在一群穿白衣的学生中间时，大家都用看麻风病人般的目光看她。卡罗无法与其他学生建立思想的连接，无法融入他们有秩序的生活。而在由选择相信的人们所筑建的秩序里，不愿相信的人的一切行为都是荒谬的——他们听到了音乐，于是他们觉得不跳舞的人都疯了。秩序的推翻与秩序的形成一样，都需要一场剧烈的能够普及的思想变革，卡罗一人的反对声只会淹没在千千万万拥护者的欢呼中。兼容的世界观至关重要，而这恰恰是狂热而盲目的支持者所欠缺的。

我想，多数人的正确和少数人的优越都是荒谬的。我们不必自命不凡，认为自己是宇宙的中心；我们更不必在盲目的集体中寻求安全感，妄想通过集体的力量主宰世界。我们是渺小的，但是我们也应肯定我们惊人的存在。希腊圣城德尔斐神殿上有一句著名的箴言——"认识你自己"。卡尔·荣格亦言："向外张望的人在做梦，向内审视的人才是清醒的。"唯有向内审视，构筑属于自己的精神家园让自我成为独立并不断生长的系统，我们才能在向外张望时拥有坚定的立场，不轻易被时代的洪流裹挟。

唯有拥有完整的自我，我们才能拥有理性的选择，世界才会变成可以满足主观性的场所。对阿多尼斯而言，雨是"从乌云的列车上下来的最后一位旅客"，翅膀是"天空耳畔的一句低语"，诗歌是"远航的船只没有码头"。正因诗人用诗歌向自己发问，于孤独中辨清自我，有由诗和美充盈的内在，所以世界对诗人而言，并非凝固在高墙中，而是充满种种可能，拥有随他的眼波一同流动的轮廓。

秩序的意义由人赋予。我们愿意相信什么，便会创造出怎样的秩序，秩序存在后亦会在某种程度上塑造我们。"身为人类，我们不可能脱离想象所建构出的秩序。每一次我们以为自己打破了监狱的高墙，迈向自由的前方，其实只是到了另一间更大的监狱，把活动范围稍稍加以扩大而已。"或许我们永远无法逃离秩序，但我们可以选择秩序。我们想生活在一个由什么样的秩序主宰的世界？答案建立在我们对自己清醒的认知上。

成为真实而深刻的自我

——观电影《玛丽和马克思》有感

"我小时候想成为任何人，除了我自己。"电影中马克思坦言道。他用他孤独而饱满的一生教会玛丽成为真实而深刻的自我。

何为自我？自我是个体生命过往经验的累积。顾城说："他们刚来到世上，眼里的好奇像宝石。"孩童睁大眼睛，天真而满怀好奇地眺望世界。他们见山是山，看水是水，以包容而又敏感的意识观察世界，而不是将自我形成的标准强加于外界。在此过程中，所有体验到的事物都会成为自我的一部分。电影中，失意的玛丽最终把手颤巍巍地伸向了雪利酒，可见童年的经验——对那个整日酗酒、颓废的母亲的体验，已在某种程度上塑造了她，深藏于她那双雨后泥潭般的眼睛。因此，"我"是"我"过往经验的总和。余华在《温暖和百感交集的旅程》中提及伟大作品对他的影响："我对那些伟大作品的每一次阅读，都会被它们带走。我就像是一个胆怯的孩子，小心翼翼地抓着它们的衣角，模仿着它们的步伐，在时间的长河里缓缓走去，那是温暖和百感交集的旅程。它们将我带走，然后又让我独自一人回去。当我回来之后，才知道它们已经永远和我在一起了。"亦是王道明指出客观世界与主观世界之间的联系："你未看此花时，此花与汝同归于寂，你来看此花时，则此花颜色一时明白起来，便知此花不在你心外。"感知的过程让外部事物对我们产生了意义，存在于经验中的自我就此诞生。

而基于经验的自我如同一块海绵，在不断吸收水分的过程中充盈自身。因此，自我是一条流动的河流。在自传体小说《你当像鸟飞往你的山》一书中，作者塔拉·韦斯特弗的童年由垃圾场的废铜烂铁铸成。然而这个十七岁前从未踏入教室的女孩，在逃离大山后打开了全新的世界，在教育所赋予的种种可能中完成了自我的蜕变。而电影中的玛丽在马克思的指引下，勇敢地悦纳额头上的褐色胎记，与原生家庭带来的伤害和解，得以走在阳光下，带着一脸的自信与淡然。罗杰斯曾指出："他不是一个固定的实体，而是一个生成的过程。"外界的经验不断对自我加以影响，因此自我的形成没有完成时，唯有进行时。生命这条河流充满不确定性，满载辛波斯卡笔下的"种种可能"，又如余秀华所言"我一直没有被迷惑，从来没有／如同河流，在最深的夜里也知道明天的去向"。生命于万千变化中保有不变性，流动的表象下藏着潜在的秩序。我想，这种秩序或许是我们受到的指引，我们坚定的信仰。它可能来自外部，也可能深埋于心，抑或兼而有之。如同教育之于塔拉，马克思之于玛丽，在最深的夜里，河流不知自己身处何方，却清晰地知道自己应去往何方。潜在的秩序平和而温暖，让流动的河流拥有面对纷乱世界的勇气与力量。二十八岁的玛丽需要独自承担一切。她面前是广阔而变故丛生的生活。但无论如何，她将缓慢而坚定地生长，不再迷惘，不再彷徨，永远知晓明天的去向。

河流时而平缓，时而湍急，其中却自有一种微妙的平衡。自我若是和谐而稳定的存在，那么其所吸收的所有经验——那些复杂、矛盾、纷乱的体验——必然完成了内在的中和。原生家庭置玛丽于深渊，马克思却给了她向上攀爬的绳索。她会颓废、自卑、自暴自弃、一再退缩，也会勇敢地走出阴影，接纳不完美的自己和世界，平和而有力量地前行，努力而又任性地生活。毛姆在《月亮与六便士》中写道："卑鄙与伟大，恶毒与善良，仇恨与热爱，竟可以互相不排斥地并存在同一颗心的。"斯特里克兰的冷漠与不近人情，和他追求美、创造美的渴望与热情，如朝圣者般走在艺术道路上的赤诚和孤勇，完成了中和。这使他不为兽，不为神，而是成为一个完整的有血肉的"人"。"人"是复杂的，矛盾的，亦是和谐的。

《个人形成论》指出："人性将会是个性化的，但同时也会是社会化的。"一个健康的人、一个完整的自我应既回应社会的呼唤，又追寻灵魂的渴望。可令人深感遗憾的是，人性在高度社会化的同时，正在丧失着个性化这一属性。我们无法分离自己与他人的需求，在秩序的高墙中忍耐生活赋予我们的责任，忘记内心深处的悸动。这是勒庞的《乌合之众》描绘的群体的单一趋同，是西蒙在《寂静之声》中歌唱的蔓延的沉默与闭目塞听的人群，是塞林格在《麦田里的守望者》中指出的工业社会中人类的道德异化，是《玛丽和马克思》里灰蒙蒙的寂寥的城市，是詹姆斯在《廊桥遗梦》中所写"在一个日益麻木的世界，我们的知觉都已生了硬痂，我们都生活在自己的茧壳之中"。在趋同的潮流中，我们强化对社会秩序的体验，却忽略了幽暗深处自己的呼唤。我们不再审视自身，轻易否定自身寻求的与秩序相悖的意义。对外界的体验与自身经验无法达成平衡，我们迷失了自我，将过往的追寻尘封于心，戴上人格面具，在井然有序的状态下循规蹈矩地活着，如同踏着光滑的冰面，"足下无尘，倏忽万里"。在某种程度上，处于社会边缘的、患有"艾斯伯格症"的马克思，是那个趋同的城市里最完整、最清醒、最纯粹的人。他有他认定的三个愿望——拥有一个朋友、买一辈子都吃不完巧克力棒、集齐《诺布莱》一家中的所有玩偶。即使中了彩票，赢得巨款，他也没有滋生出其他欲望。在千人一面的城市里，他像初入人世的孩童，固执地坚持古怪而可爱的三个梦想，坚持独立独行的生存方式。

趋同的城市剥夺了人的意志，抑制了人对自身、对外界的体验。一方面，人变得麻木，无条件地接纳生活的秩序，埋葬内心的渴望，转而追寻社会标准所定义的快乐。在漫漫长途中回首，望着一路走来的足迹，却不知自己为何出发，从何处来，又将去往何处，心中充满空虚和无意义的感觉。罗素在《幸福之路》中指出："对于大多数人来说，快乐的源泉之一就是坚信某事。"弗兰克在《求意义的意志》中亦言："分析到最后，快乐原则就是自我欺骗。人越走向快乐，目的就越迷失。"一个丧失自我的人，只能盲目地向外张望，将快乐建立在集体对某种意义同频共振的错觉上，在与他人统一步调的过程，以自我欺骗为代价，通过相信使某种意义存在，以逃避内心深处的迷惘与空虚。王开岭感叹："我们唱了一路的歌，却发现无词无曲；我们走了很远很累，却忘了为何出发。"在以这种方式走向快乐的过程中，我们离世俗的成功越来越近，却离真实的自我越来越远。在幻觉消失之后，那首无词无曲的歌，那段弥漫着白雾的旅途，只能带给自我更深重的迷失感，一切自欺欺人快乐都将通过更深层次的虚无反噬自我。

另一方面，当我们的灵魂不再有火花，我们便丧失了主观能动性。"动机是一种促使我们行动的力量，他来自个人内部。"若一颗种子心中对春天的渴望与幻想都已腐烂，这颗种子便不再拥有与厚重的土层对抗的力量，不再生长，不再向上。若一个人内心不再有热情，灵魂不再有渴望，他的自我系统便停止了生长，他的行为变得单调、僵化，他丧失了"扩展、延伸、发展、成熟的强烈渴望"与"展示和发挥有机体或自我能力的倾向"。于是，他停滞不前，不再探寻未知，不再拥有创造力，只是一味顺应外部世界。他的生命之河停止了流动，固化为某一标准，这为他的生活确立了框架。他开始排斥所有不符合框架的事物，而只看见局限于框架内的那部分自我与世界。

因此，唯有拥有完整、流动的自我，我们才能拥有独立的价值观，在向外张望时不致于头晕目眩，迷失方向；我们才能拥抱鲜活的世界，让世界成为可以满足我们主观性，激发我们创造力的场所。电影中的马克思为自己是一个"艾斯派"而自豪，他有他坚定不移的追求、完整独立的世界观，他甚至觉得许多普遍的社会现象荒谬至极。就像阿多尼斯于孤独中辨清自我，有诗和美充盈的内在。于他而言，翅膀是"天空耳畔的一句低语"，诗歌是"远航的船只没有码头"。唯有拥有完整的自我，才能在自己建构的坐标系中重新打开这个世界拥有对世界独特的感知。

然则何以成为真实而深刻的自我？

成为真实而深刻的自我，需要以诚恳、开放的态度体验自身的情感。电影中，玛丽时常佩戴心情戒指。在与马克思成为笔友后，马克思为她提供了一种安全而自由的氛围，她可以通过文字尽情地表达自己，与马克思共同咀嚼那些悲伤和喜悦，充分体验自己对外界刺激的反应。正如《个人形成论》所言："在他以自觉而开放的方式体验这些情感时，他也在用存在于他内心所有的丰富性来体验他自己，从而成为他的真实存在。"玛丽在体验自身情感态度的同时，通过成为她当下的喜悦、愤怒或悲伤，以去除对自我的欺骗与歪曲，从而发现躲在幽暗角落中的真实自我。

　　成为真实而深刻的自我，需要以积极包容的态度悦纳自身的缺陷。玛丽为自己的胎记自卑，想为自己和世界抹上一层厚厚的糖霜。而马克思用一生的感悟，教会她接纳不完美的自己，并与有瑕疵的世界和解。"万物皆有裂缝，那是光照进来的地方。"有时我们无法消除自身的缺陷，只能选择面对残缺不全的自我的态度，尽最大的努力成为独一无二的自己，让光穿过裂缝，点亮生命。《天堂电影院》中穆罕默德双目失明，却因此拥有对世界更敏锐的感知。他用手抚过每一片柔软的花瓣、每一颗饱满的谷粒、每一寸湿润的泥土，他侧耳倾听风过麦田的声音，倾听从树梢坠落的小鸟微弱的呼唤。他用心认真地阅读着这个世界，窥见了世界的秘密。爱自己，爱生活，爱世界，接纳万事万物的参差多态，才能感受到涌进裂缝的微光与种种可能。

　　成为真实而深刻的自我，需要形成内在评价源。玛丽收到了马克思的绝交信后，粉碎了所有书，放弃了苦心经营的学术成果与健康的家庭生活。在内心深处，她仍是那个缺乏安全感的小女孩，将对自己的认同建立在他人的评价上。唯有信任自己，形成独立的内在评价体系，由衷地欣赏自己，我们才能拥有外界无法撼动的平和。如野百合般自由生长的余秀华以诗为拐杖，行走于摇摇晃晃的人间，在面对非议时坦率地说："哼，姑奶奶只是写自己的诗歌。"以高贵贯彻一生的木心先生在监狱中写下六十五万字米粒大小的小说和散文，在白纸上画黑色琴键，于暗夜中无声弹奏莫扎特和肖邦。曾以满分两度获IMO金牌的付云皓因任教于一学院，而被题为《奥数天才坠落之后》的报道推上舆论的风口浪尖。但他仍坚定自己"在脚踏实地处从事基础教育"的选择。他们坚守初心，内心的平和让他们逆风而行的步伐坚定而有力。"心若没有栖息的地方，到哪都是流浪。"与其在外界的疾风中摇摆不定，不如在自己内心寻找安身之所，让生活成为自身渴望与意志上升的产物，而不是他人精心镌刻的作品。

在电影《玛丽和马克思》所展现的庞大而冰冷的城市中，个人的存在是邈远而微小的概念。然而我们仍要肯定自身惊人的存在，相信个人有不断变化的群星灿烂的潜能，在趋同的城市中发掘尘封于心的个性，尽最大努力成为真实而深刻的自我。

活着的姿态

——读《活着》有感

　　余华在《活着》一书的序言中说："人是为了活着本身而活着。"人不为活着之外的任何事物而活，书没有致力于赋予活着以意义，而是勾勒出活着的姿态，回归活着本身。"我所见过的生命，都只是行过，无所谓完成。"活着，不在于意义的完成，而是福贵行过的一种状态，是他在现实给予的幸福与苦难面前的坚忍。

　　想起七年级下学期的早读课，我们读《老子》。当时，我读到这样一句话："天地不仁，以万物为刍狗。"天地不知何为仁，对待万物如同对待刍狗，只让一切顺其自然。处于天地间的人，往往被迫接受无常的命运，自生自灭。在不仁的天地间，福贵似乎没有选择。福贵作为渺小的个体，旁观着一场接一场的死亡，却无能为力。在失去了一切后，福贵选择与老牛相伴，平静地活下去，以一种坚忍的姿态。这种平静不是苏轼"也无风雨也无晴"的淡然。苏轼的内心有无法被外界撼动的平和，他"不以物喜，不以己悲"，凌驾于苦难之上。"囚人多梦赦，病人多梦医。"苏轼的境界更为豁达和超脱，他不惧风雨，也没有盼晴的心情。福贵则更像一个有血有肉的人，在落魄时，他总盼着——"鸡养大后变成了鹅，鹅养大了变成了羊，再把羊养大，羊就变成了牛"，徐家总有一天会重新发起来。

这种平静也不是祥子绝望后走向毁灭的行尸走肉。老舍说："为个人努力的也知道怎样毁灭个人。"祥子——一个年轻力壮、吃苦耐劳的洋车夫，在病态社会中经历了人生的"三起三落"后，堕落成"个人主义的末路鬼"。祥子一心想拉上自己的车，这样简单的理想支撑着他，也让他在经历梦想的破灭命运的跌宕后自暴自弃。福贵有所期盼，却没有像祥子一样走向自我毁灭的深渊。"生活是属于每个人自己的感受，不属于任何别人的看法。"在旁人眼中，福贵的一生充满了苦难，他是作为苦难中的幸存者活着的，但"他自己却不觉得"，他"相信自己的妻子是世上最好的妻子，他相信自己的子女也是世上最好的子女"。他处于苦难的漩涡中，却不知何为苦难。"若能避开猛烈的狂喜，自然也不会有悲痛的来袭。"欢喜与悲痛始终相互映衬，享受极致的喜悦意味着承担巨大的悲痛，过悲相较于过喜而存在。我想，福贵身上有一种"自然而又悲哀的耐性"，在失去与忍受中，痛苦反因缺乏映衬而消失了，他在一种平静而又窒息的状态下活着。活着，亦是一种无喜无悲的姿态。

命运总在福贵觉得一切都会好起来时，猝不及防地降下苦难。他的生活却依旧在悲凉中透着淡淡温情，有绝望，也会有新的希望。福贵从未得到幸福，却依旧守着微渺的希望，坚韧地活着。想起由书改编的电影结尾——福贵与家珍带着二喜与馒头活了下去，福贵用装皮影的箱子给暖黄的毛茸茸的小鸡做了个窝。人，从来不是因为有希望才活着，而是因为活着才有希望。活着，意味着拥有未来的种种不确定，意味着遇见温暖与新的希望的可能。活着，本身亦是一种充满希望的姿态。

我想，福贵与加缪笔下的西西弗斯，在某些层面上是相似的。当伤痕累累的他把巨石推上顶峰后，巨石又会从他手中滑落，滚到谷底。西西弗斯永远处于苦难的循环中，接受着无休止的惩罚。在输掉家产后，福贵一直很落魄，但他仍努力地推着生活的重压上山，在巨石的向上与滚落中度过自己起起伏伏的一生。他与西西弗斯在命运的无常与荒谬面前，都选择了一种坚忍的姿态，默默经历着、承受着一切。

周国平在《落难的王子》中写到"凡是人间的灾难，无论落到谁头上，谁都得受着，而且都受得了——只要他不死。至于死，那更是一件容易的事了。"生命自有一种向死而生的倔强，从不为避免一切的结束而避免一切的开始。我们知道死亡是必然的宿命，心中却仍蕴藏着强烈的对生的渴望。在灾难落下时，我们对生的渴望便被激发，迫使我们在短时间内坚强起来，承受苦难，不被滚落的巨石压倒。我从福贵平凡的一生中，看到了他被苦难磨炼出的韧性，看见了一个小人物在时代与命运的重压下不屈不挠的挣扎。

我想，人不是完全受限制的。人还可以决定活着的姿态。是屈服于环境和条件，还是勇敢挑战命运，选择坚忍，取决于我们。"人所拥有的任何东西，都可以被剥夺，唯独人性最后的自由——也就是在任何境遇中选择一己态度和生活方式的自由——不能被剥夺。"无法选择命运与境遇的福贵，却能选择对现实给予的苦难的态度。他活着的姿态是不屈从于命运的姿态，是自由的不屈的姿态。"人不应该是插在花瓶中供人观赏的静物，而是蔓延在草原上随风起舞的韵律。"福贵活着的姿态像蔓延在草原上随风起舞的韵律，灰暗中又透露出倔强与顽强，自由与昂扬。

有人在满地都是六便士时，抬头望见了月亮；有人在向高处挣扎、爬上山顶的过程中感到充实；有人把所有精力献给为人类的解放而斗争的事业。"人是为了活着本身而活着的。"这是福贵给出的答案。可人生的意义或许没有答案，或许对不同的人有不同的答案。我想，更重要的是活着的姿态，"以笑的方式哭，在死亡的伴随下活着，去经历该经历的事，去完成该完成的任务。"

怀揣热爱与善意起舞

——观电影《黑暗中的舞者》有感

尼采曾说："每一个不曾起舞的日子，都是对生命的辜负。"莎玛便是这样一个舞者，怀揣对世界的热爱与善意，在纷乱之中跌跌撞撞地起舞。

她移民至美国后，为了积攒治疗儿子眼睛的手术费，白天在同一条流水线上机械地重复同一套动作，晚上顶着倦意做小饰品赚钱。可即使生活破碎不堪，她也能从日常单调乏味的响声中，幻想出音乐的节奏。机器的轰鸣声，火车过桥时与铁轨的碰撞，都是她音乐的开篇。她沉浸于音乐声中，脸上甜美而单纯的笑容，总让我想起电影《天使爱美丽》中，爱美丽微微勾起的嘴角。爱美丽的父亲从未给予她家庭的温暖，但她总能通过自己的方式——在河边用石块打水漂，或为一只铁盒寻找主人，去拥抱生活明亮的一面，将生命的一径长途点缀得花香弥漫，也把爱与芬芳散入过往人的心扉。爱美丽的童年是孤独的，但她把草莓套在十个指头上慢慢地嗝，在想象力的自由驰骋中发掘生活的有趣之处。莎玛的生活是苍白的，但她用歌声给生活涂上了明亮的色彩，让所有的单调与疲惫在片刻的想象中，变得轻盈而美好。莎玛的歌舞是她生命中一只盛满阳光的罐子，是黑暗的日子中的热爱与光亮，支撑着莎玛应对窘迫而枯燥的生活，让她在困境中仍不丧失对明天的希望。

莎玛对世界充满了爱意，也充满了单纯的善意。可她没有被世界温柔以待，生活也没有因她的善良，成为拥有奇迹与圆满结局的童话。当她发现自己挣的钱被房东比尔偷了时，她杀死了比尔。这是整部电影最让我感到压抑的一段。在看似不可原谅的事实背后，又隐藏着多少的无奈与挣扎？钱被抢走的焦灼无奈、遭到背叛的愤懑痛苦、期盼落空的绝望、被用枪威胁的恐惧无助、对治疗儿子眼睛的执着、想让比尔得到解脱的愿望，此刻交织在一起，裹挟了莎玛。这是一个小人物的身不由己与挣扎。热爱与善意在人性的丑恶与现实的残酷面前，有时难免脆弱和无力。

法庭上，她为了维护比尔最后的尊严，选择了说谎，最后被处以死刑。坦白一切是正确而有利的选择，但她因为善良选择说谎，略去了内心的痛苦与挣扎，略去了比尔的背叛与其人性的不堪。她还记得，比尔千方百计满足自己儿子骑自行车的愿望，记得他们曾以 " Mum " 作为暗号。我想起《奇迹男孩》中的一句台词："当你要在正确与善良之间作出选择时，请选择善良。"在影片中虚伪而冷漠的社会，无视案件重重疑点的法庭，没有一小角柔软的地方去安放正确之外的善良。当善良与正确产生无法避免的冲突时，选择善良的莎玛需要巨大的勇气，去承担"不正确"带来的后果。

从杰夫到医院调查手术费，莎玛被批准死缓开始，我一直在期待一个反转。但是没有，她的舞姿最终被黑暗吞噬。鲁迅曾说："悲剧就是把有价值的东西毁灭给人看。"那首戛然而止的歌，那份被绞绳摧毁的善意与热爱让我深深地震撼，但我也看到了她在歌声中逐渐坚定的眼神。它让我想起阿德勒在《活出生命的意义》中说："人所拥有的任何东西，都可以被剥夺，唯独人性最后的自由——也就是在任何境遇中选择一己态度和生活方式的自由——不能被剥夺。"莎玛的起舞并不能冲破现实的困境，或填平深渊。她努力而任性地起舞，不是为了改变黑暗，而是为了不让黑暗带走自己所坚守的善意与热爱，在纷乱的世界中选择一己态度和生活方式。直至生命的最后一刻，她都在坚守自己的选择。这是人性最后的自由。黑暗中的起舞，注定无旁人欣赏。但她是自己唯一的观众，自始至终。于是这自由而执着的舞姿便不是一场徒劳。

"我们这一代最大的革命，就是发现每个人都可以凭借调整内部心态来改变外在的生活环境。"尽管她的生命以悲剧结束，尽管幻觉消失后仍是最初的苍白与冷酷、黑暗与悲哀，但在她仍能在想象中远离现实的不堪，获得自由，让世界霎时拥有绚丽的色彩；她仍能在临刑前的最后一首歌中，汲取内心的力量，从而获得直面深渊与黑暗的勇气。在内部心态的调整中，外部世界随内心世界转变。在某个片刻，她眼中的黑暗如"黑暗，便也只是夏日的黄昏缓缓坠落"，即使只有片刻的明亮，也足以支撑她凭借自己的力量，顽强地歌唱至生命最后一刻。

我想起田维，一个年仅21岁就离开人世的女孩。她十五岁身患绝症，开始书写博客，追问生命与青春的意义，用文字在半亩花田中起舞。在一张照片里，我看见了她书桌旁张贴的《黑暗中的舞者》的海报。或许，田维也是黑暗中的舞者。死亡的阴影笼罩在前方，她却微笑着在花田中站定，拥抱生活明亮的一面，拒绝狼狈，拒绝一切忧伤。在去世的前三天，她仍写下"在我的右眼下有一颗痣。那是一颗会使人流泪的痣。如果可以，只让我的右眼去流泪吧。另一只眼睛，让她拥有明媚与微笑"，即使她"半夜一次次醒来，咳到心肺俱裂。"

当热爱与善意被撕破，莎玛的希望不曾被摧毁。叔本华将希望定义为"把渴望某一事情的发生混淆成认为这一事情很有可能发生"。当狱警带她穿过监狱长长的通道时，她的脑海仍在上演一出逃离监狱的歌舞剧。在那样欢乐的乐声中，她一步步走向死亡。在外人看来可笑，但于她而言，她的希望不是痴心妄想，而是砂砾磨出的珍珠，浸染了血汗与泪水，在黑暗中依然光彩夺目，昭示着她内心的倔强与生命的光辉。《肖申克的救赎》中的安迪让我们相信"有种鸟是关不住的，它的每一片羽毛上都洒满了自由的光辉"，在高墙的阴影下，他的精神没有萎靡，而是在希望的映照下明亮如初。于是他用小鹤嘴锄，历时十九年，挖出了一条他人觉得是痴心妄想的隧道。在时间的侵蚀下，那份重获自由的信心与决心始终如初，最终铸就了奇迹。莎玛的人生在那根绞绳下走向了不同的结局。但我觉得，在某种程度上，她与安迪是相似的。他们都是关不住的鸟，珍藏着某种信念，守着一份无法被摧毁的希望，始终有彩虹，始终有歌可唱。

莎玛在影片中唱道："我什么都见过了。我见过黑暗，我见过小火花的光辉，我见过我想看的、我需要看的，那就够了………"面对死亡，她会害怕得浑身颤抖，声嘶力竭地哭喊，也会出人意料地唱起歌,眼神坚定透亮起来。她也愿像田维一样,用一只眼去看见黑暗,去流泪,另一只眼去看小火花的光辉,拥有对世界的善意与热爱,明亮而美好。

阅读自己，聆听世界

——读阿多尼斯诗有感

在《纪念朦胧与清晰的事物》中，阿多尼斯说："写作吧，这是最佳的方式，让你阅读自己，聆听世界。"他的诗歌越过阿拉伯的时空，在绝望与希望的交织中，指向自己的心灵与世界。

"向外张望的人在做梦，向内审视的人才是清醒的。"阿多尼斯在《我的孤独是一座花园》中，阅读自己的心灵世界，阅读绝望、光明、死亡、忧伤与遗忘。"孤独是一座花园，但其中只有一棵树。"在孤独中，他清醒地向内审视，给灵魂以生长的空间，让时光在忧愁中积淀，于独处的宁静中辨清真正的自我。周国平曾说："有无独处的能力，关系到一个人能否真正形成一个相对自足的内心世界。"阿多尼斯的孤独是一座花园，他在孤独中建起自己丰盈而又执着的内心世界。

孤独是诗人只有一棵树的花园，给予他丰盈的内在；诗歌或是诗人的翅膀，给予他思想的自由。我很喜欢《我的孤独是一座花园》的一句诗："世界让我遍体鳞伤，但伤口长出的却是翅膀。"他曾在战乱中颠沛流离，带着流亡和反抗中内心的孤寂。但伤口与苦难被他淬炼为诗歌与向光明攀登的阶梯，让他长出冲出现实困境的翅膀。"翅膀"总给我以轻盈而自由的感觉。在诗歌的世界里，诗人是自由的。他徘徊于自己孤独的花园，或航行于自己双眼里。他在《今天，我有自己的语言》中说："今天我有我的语言，有我自己的疆域、土地和禀赋。我有自己的人民，他们的疑惑将我滋养，也被我的断垣和翅翼照亮。"阿多尼斯以"精神上的流放者"自居，而诗歌才是他"真正的流放地"。那是一个由他主宰的诗歌世界，一个由他重估一切价值的世界。他亦用这个世界的微光，去照亮其他生命的困境。

我不禁想起了周梦蝶。他向往庄子的自由思想，庄周梦蝶，他将自己比作紫蝴蝶，"隔岸一影，逆风贴水而飞，低低的"。他性格孤僻，孑然一身，在台北武昌街摆书摊时，专卖冷僻的哲学书、诗集和诗刊。把布在地上摊开，铺好书，靠墙一挨，读书或沉睡，藏青长袍，仙风道骨。他在纷扰之外对万物冷眼旁观，将风雪与孤寂拥入怀中，咀嚼生命的悲苦，磨砺出清醒而又炙热的文字，终成文坛一颗未蒙尘的珍珠。在他的《孤独国》中，他写下自己理想中的乐园，写下"时间嚼着时间的反刍的微响"，写下"曼陀罗花、橄榄树和玉蝴蝶"。他如蝴蝶般，在尘世与梦境之间自由地流浪，挣脱束缚；让思想抵达负雪的山峰之上，做满天繁星的孤独国的国王。"我向星辰下令，我停泊瞩望，我让自己登基，做风的君王。"周梦蝶让自己成为"'现在'的帝皇"，阿多尼斯登基做"风的君王"，他们都在生命的流徙中，参透人生苦难传递的信息，用苦难的土壤，栽培心灵的淡泊和深邃、诗歌世界里精神的自由，身影孤绝，内里却丰盈、执着。

诗歌是诗人的翅膀，亦是他的一座浮桥。阿多尼斯在《忧愁的森林》中写下："我站在镜子前，不是为了看自己，而是为了确认我所见的真是我吗？"在《身体之初，大海之末》中他如此发问："为什么我不能感觉我自身，除非当我凝视我的脸庞？"正如希腊圣城德尔斐神殿上一句著名的箴言——"认识你自己"。诗人用诗歌向自己发问，通过诗歌凝视自己的脸庞，凝视自己的往昔、记忆与孤独，凝视自己生活中讲授秘密与堕落的书本，凝视自己的语言与生命，从而在纷乱之中辨清自我，认识自己。

在《黑域》中他写下："诗歌，这座浮桥／架设于你不解的自我和你不懂的世界之间。"阿多尼斯通过诗歌阅读自我，从而感受世界，聆听世界。他在《流星的传说》中提问："什么是路？""什么是诗篇？""什么是希望？""什么是天空？""什么是直线？"如同他阅读世界时的笔记。因为诗人辨清了自我，有由诗和美充盈的内在，因此世界对诗人而言，是可以满足主观性的场所。"不同的人，即使站在同一个地方，透过各自的人生，看到的风景也有所不同。"阿多尼斯在孤独中拉开自己与世界的距离，将目光投向自己，阅读自己身上隐藏的世界的秘密，又透过自己的人生，看见不同的风景，进而构建属于自己的独特的诗歌世界。于是，雨是"从乌云的列车上下来的最后一位旅客"，翅膀是"天空耳畔的一句低语"，诗歌是"远航的船只没有码头"。阿多尼斯所看到的世界，带给我的不仅是诗意，更是另一种打开世界的方式。他让我重新阅读了自己熟悉的一切。

阿多尼斯用诗歌阅读自己，聆听世界。我想，他的内心世界与他所阅读的外在世界总存在联系。他读到的外部世界如同他的内心世界在现实中的投映，而诗歌，恰恰是悬浮于他不解的自我与不懂的世界间的桥梁。

永远年轻

——观电影《少年时代》有感

影片《少年时代》的结尾，梅森告别母亲，背起行囊，去往更远的地方。他独自驾着破旧的蓝色卡车去大学报道。广阔的草原，蔚蓝的天空，晴朗的日子和一条不断向前延伸的公路。梅森的少年时代就像一路上播放的那首吉他曲，悠长而清脆，陪伴他踏上一段新的旅程。

从六岁到十八岁，电影定格了梅森成长的十二年。在这部电影里，梅森永远年轻，永远是少年。《永远年轻》里有一段歌词：

愿你勇敢无惧，坚强可靠，

愿你双手永远忙碌，愿你脚步永远轻盈，

在变故横生之时，愿你根基牢靠，

愿你心中永远充满快乐，

愿你的歌声永远嘹亮，

愿你永远年轻。

永远年轻，永远不失去爱的勇气。梅森和女朋友分手后，父亲告诉他每个人都在不停地改变，让两个年轻人一直处在同一个频道的概率实在太低。梅森应该让自己变得更优秀，去遇见更好的女孩。《哈利·波特》中邓不利多曾说："年轻真好，还可以为爱情所伤。"年轻的灵魂有如夏日雨水那般丰沛的情感，有直接的厌恶和明确的喜欢，还可以为爱情所伤，还能用一颗敏感的心感受爱所带来的不安和不确定。会感到迷茫和痛苦，但却不会失去爱的勇气。每个人都会像梅森一样，学会等待，在拥有远方清晰的目标后，不断成长，遇见更好的自己，也遇见更好的爱情。而所有的伤痛与迷茫终将随时间的流逝，化为多年后的一句"年轻真好"。

永远年轻，永远拥有探求世界的莽撞、热情与敏感。梅森迷上了摄影，花一整个周末拍照，花一整节课在暗室冲洗照片，做自己喜欢的事。老师告诉他："只有天赋也只能让你在这世间喝杯咖啡而已。"成功不仅需要兴趣，还需要自律和决心。他问梅森："你想要成为什么样的人？你想要做什么？"少年望向未来的目光总是坚定而迷惘，对未来没有确切的答案。少年对理想、兴趣的探求总是有些莽撞，不能完全看清现实的残酷、竞争的激烈，目的地也只是一个大致的方向。少年带着几分迷茫和执着，沿着自己选择的路走下去，即使不知道这条路最终抵达的地方。

"少年就像一只陀螺，刚开始转动的时候，很不容易稳住重心，就这么歪着陀身，不晓得要滚滚向何方。但它和成年人不同的是，总之先转了再说。"永远年轻，永远在尝试和坚持。怀揣一份迷茫，亦怀揣对梦想、对世界的热情，跌跌撞撞地勇敢地探寻方向。年少的梅森可能缺少一份稳重，却始终怀有尝试的热情和坚持所爱事物的执着。

同时，他也用相机采下每一个被他"看见"的瞬间，定格稍纵即逝的美。少年像一只天鹅凌空而去，满怀对未来的热望与对

生命的热忱，越过长空，用独特的视角注视着世界，传达自己对
一切敏感的感知。父亲曾对梅森说："不过赞的是，你开始用心
感受了，你要一直感受下去。真的，等你长大一些，感觉会渐渐
麻木，不过你的外壳也会越来越硬。"梅森在少年时代拥有的，
便是对世界的敏感。虽然敏感可能会带来刺痛，但也说明梅森在
用心感受。他用自己的眼睛、自己的心认真地阅读着这个世界，
选择自己生命着力的地方。

永远年轻，永远活在当下，不惧未来。影片结尾，梅森与朋
友徒步旅行，去看大本德河的晚霞。夕阳西下，他们坐在戈壁
上，朋友说："是这一刻抓住了我们。"梅森说："我们永远活
在当下这一刻，不是吗？"梅森永远努力、任性地活在当下。欢
乐与伤痛都踩着时间的鼓点涌向他，梅森认真感受着当下，感受
生命的愉悦，也感受生活的沉重。同时，长长的一生也在梅森面
前展开。席慕蓉说："挫折会来，也会过去，热泪会流下，也会
收起，没有什么可以让我气馁的，因为，我有长长的一生。"童
年与朋友分别的不舍、继父带来的伤害，青春的迷茫、郁闷与惶
惑终会被时间冲淡，过去无法束缚少年向前的步伐，少年认真地
活在当下，未来长长的一生亦充满着希望与种种可能。对少年来
说，不断敞开的未来里没有绝望，年少雀跃的心总是向着阳光。

我想，或许美的事物是留不住的。年轻的岁月和爱情像花
束，绽放时鲜妍，却短暂。无论如何挽留，花瓣最终都会褪色，
苍白如碎纸。不必为了避免结束而避免一切的开始，不必执着于
寻找明日更肥沃的土壤，设法接近臆想的幸福，也不必终日守着
落花垂泪，让过往遮蔽了未来的种种可能。只需注视着花束，看
花苞蓄积、饱满、爆破，回归本能的感官，细细体会过程中的无
尽悲欢与感动，为繁花绽放欢喜，把自己浸润在纯粹的美中，而

不去功利地索求什么。

那些年轻的岁月大抵如此。历经世事沧桑，待一切积淀，心境重新澄澈。那般清明像砂砾磨砺出的珍珠，圆润硬朗，却有更苍凉的底色。少年的纯真像晨荷巨大叶片上晶莹饱满的露珠，只见过晨光，来自天地，自然澄清。没有岁月的雾霭洗涤过的沧桑，没有太多杂念和忧虑，如白雪般无暇而纯粹。老去的人总叹息青春的消逝。而少年有时是无知的少年，却不曾是多虑的少年。少年不需要过于繁多的提醒，只是全心全意地投入当下，感知当下，努力而任性地活着。

影片结束，梅森的人生却才刚刚开始。《解忧杂货店》里有一段话："你的地图是一张白纸，所以即使想决定目的地，也不知道路在哪里……可是换个角度来看，正因为是一张白纸，才可以随心所欲地描绘地图。"我想，梅森的少年时代就像一张白纸。因为是白纸，所以有追寻梦想时的迷茫与莽撞，对人生的道路和未来没有确切的答案。也因为是白纸，所以有种种可能，有尝试的热情与勇气，身边发生的一切都是对他成长的邀请。梅森在这张白纸上肆意涂抹或明或暗的色彩，随心所欲地描绘自己人生的地图，探寻生命的方向。

美国作家怀特在七十九岁时曾抱怨："上了年纪，实在麻烦，我始终不能摆脱对自己的印象——一个约十九岁的小伙子。"少年时代终有结束的一天，但是愿我们永远年轻，永远是十九岁的少年，永远拥有最初的热情与勇气，永远拥有充实的当下和可以展望的未来。

真诚而痛苦的坚守

——读《当你老了》有感

《当你老了》这首诗里有一种真诚而痛苦的坚守。

"多少人爱你青春欢畅的时辰，爱慕你的美丽，假意或真心，只有一个人爱你那朝圣者的灵魂，爱你衰老了的脸上痛苦的皱纹。"

1889年1月30日，23岁的叶芝第一次遇见茅德·冈。"她伫立窗畔，身旁盛开着一大团苹果花；她光彩夺目，仿佛自身就是洒满了阳光的花瓣。"茅德·冈不仅拥有外在的美丽，还是爱尔兰民族独立运动的领导人。叶芝爱上了她"朝圣者的灵魂"。

《Flipped》里，Juli喜欢Bryce蓝色的眼睛和闻起来有股西瓜味的头发，但Chet却说："超越他的眼睛、他的笑容和他闪亮的头发——看看他到底是什么样子。"好看的皮囊虽能给人短暂的惊艳，但终将随着岁月的流逝而消逝。而高贵的灵魂却在岁月的流逝中永驻，成为永恒的美丽。Juli的父亲说："一幅画要大于构成它的那些笔画之和，一头牛只是一头牛，一片草地只是一些花和草，太阳照射着树木只是一束光线，而把它们放在一起就有了一种魔力。"一个人好看的眼睛和头发只是构成画作的笔画。

而一幅画的美丽却在于其内在的神韵、思想与意境。当画家用色彩和线条传达自己对世界的感知，一幅画便不再是单纯的笔画的叠加。而叶芝爱茅德·冈，爱她为民族自由而奋斗的灵魂，即使她头发苍白，睡意昏沉。这样的爱情真诚而深沉。

莎士比亚说："爱是一种甜蜜的痛苦，真诚的爱情永不是走一条平坦的道路的。"诗人一次次向茅德·冈求婚，又一次次被拒。他写这首诗时只有二十九岁。抛开现实中无望的爱情，诗人把目光投向多年之后，想象年老的茅德·冈在炉火旁垂下头来，凄然地轻轻诉说爱情的消逝。他是想提醒茅德·冈——不要让这份真诚的爱在多年后成为遗憾，还是他站在时间的另一端凝望现在，写下了自己真诚而痛苦的坚守？

在叶芝生命的最后几个月，他仍给茅德·冈写信，约她出来喝茶，但都被拒绝了。或许，在写下这首诗时，诗人早已料到自己的爱不会被接受。他写下这首诗，写下多年后爱情的消逝、叹息与忧戚，然后便义无反顾地走向自己假定的时空与命运。即使这段爱情带给他痛苦，即使他走的不是一条平坦的道路。

"在头顶的山上它缓缓踱着步子，在一群星星中间隐藏着脸庞。"诗人的爱没有随着岁月的流逝而消逝，而是在一群星星间隐藏了自己。"美是唯一不受时间伤害的东西。"这样的美不是容貌的美，而是灵魂的美、心灵的美。这样的美不受时间伤害，而对美的欣赏亦不因时间流逝而减损分毫。就像叶芝的爱，在她"青春欢畅的时辰"，亦在她睡意昏沉的暮年。《当你老了》中的爱情，如时间洪流中的一块礁石，坚定而执着；超越了外在的美丽，亦超越了时光的流逝。

后来再读这首诗，我却想容貌易逝，人的思想与心性也未必一如当初。岁月不居，时节如流，初心可能被侵蚀，对爱情、理想的热情可能被蚕食，志同道合的人历经长途也可能形同陌路。一个变化着的人爱着另一个变化着的人，维持彼此处于同一频道是一件艰难的事。这首写尽岁月与深情的诗，像一位老人在四月午后温润的阳光下饮茶时的叙旧。我却觉得隽永的文字背后，燃烧的仍是属于年轻的灵魂的热忱与孤勇。诗写下的与其说是对时间长河的凝视，不如说是俯视。当叶芝陷于爱情的狂喜与痛楚中，他相信爱情会永恒。那时的他对未来其实没有答案，他只知道他是笃定的，并会一直笃定下去，那一刻的热忱似乎可以超越永恒的时间。

爱一个人，先要爱人类，爱人道精神。对美的欣赏是一种价值选择。诗保存的是叶芝炽热的初心，不仅有他最初对爱情的深信不疑，还有他那时向善向美的决心，坚定的价值选择和对心之所向的执着。

为苦难呐喊，为信仰歌唱

——读艾青诗有感

　　在我眼中，艾青是一位为苦难呐喊，为信仰歌唱的诗人。

　　鲁迅在《记念刘和珍君》中写道："真的猛士，敢于直面惨淡的人生，敢于正视淋漓的鲜血。"他还写道："沉默呵，沉默呵！不在沉默中爆发，就在沉默中灭亡。"艾青便是一位敢于正视苦难的诗人，他看见"雪落在中国的土地上，寒冷在封锁着中国"，他看见北方悲哀的土地和人民，看见乞丐伸着永不缩回的手。但正如他在《时代》一诗中描绘，当他听见"从阴云压着的雪山的那面"传来的时代巨轮的轧响，纵使前方只有残酷而悲哀的景象，他"依然奔向它／带着一个生命所能发挥的热情"。他向苦难深处走去，走向风凝固住的地方。越往里，鲜血越是凝重。但他决不回头。他不愿往回走，以顺从的悲哀的耐性，在被洗涤的淡红血色中苟活。他选择在沉默中爆发。他要为无言的苦难发声，以嘶哑的呐喊为剑，撕裂黑暗与沉默，唤醒悲哀的土地。

　　艾青冷峻的笔触后燃烧着炽烈的灵魂。透过他的呐喊，我看见他的赤诚之心，看见他对苦难的悲悯。"而我，也并不比你们快乐啊——躺在时间的河流上，苦难的浪涛，曾经几次把我吞没而又卷起"，诗人的灵魂是痛苦而憔悴的，承受了个体生命难以承载的重量。他献身于苦难的时代，忠诚于暴风雨中的中国。他的悲悯予他痛苦的挣扎，也铸就他的伟大。他让我想起杜甫的《茅屋为秋风所破歌》："安得广厦千万间，大庇天下寒士俱欢颜。风雨不动安如山！呜呼，何时眼前突兀见此屋，吾庐独破受冻死亦足！"这样的悲悯超越了个人，超越了"穷则独善其身，达则兼济天下"，也超越了苦难，超越了现实的困境。"没有一个诗人能够由于自身和依赖自身而伟大，他既不能依赖自己的痛苦，也不能依赖自己的幸福；任何伟大的诗人之所以伟大，是因为他的痛苦和幸福深深植根于社会和历史的土壤里，他从而成为社会、时代以及人类的代表和喉舌。"伟大的诗人从不囿于个人的苦难与幸福，他们站在广阔的天地间呐喊，心中容纳了许多泪水与光明。读他们的诗，我深深感到——一个人的精神世界可以不受任何限制，可以如太阳般永恒，如大海般宽广，如风般自由，可以无穷无尽，一直向前延伸。个体生命是易朽的，但是诗歌永存，信仰永存。那一声声呐喊仍回荡在天地间，跨越时间的长河，击碎我们的彷徨。

艾青为苦难呐喊，亦为信仰歌唱。他歌唱"被暴风雨所打击着的土地""永远汹涌着我们的悲愤的河流""无止息地吹刮着的激怒的风"，亦歌唱"那来自林间的无比温柔的黎明"。他写下《黎明的通知》，他赞颂从远古的墓茔走来的太阳。苦难的泥沼，只让他更希冀黎明。当寒冷封锁中国的大地，暗夜里他举起火把。他伏身亲吻悲哀的瘦瘠的土地，相信它会在明朗的天空下复活。他看见死在绝望里的人们，看见旧社会的腐朽与不公，他的耳边充斥着呼救与哭喊。在黑暗中，他仍心蕴光明，只因光明和希望不是因存在才信仰，而是因信仰才存在。信仰予他力量，让他跨过黄昏追逐黎明，以战斗者的姿态奋然前行。

鲁迅在《呐喊·自序》中假设的铁屋子——绝无窗户而万难破毁，许多在里面熟睡的人不久便要从昏睡入死灭。他说："现在你大嚷起来，惊起了较为清醒的几个人，使这不幸的少数者来受无可挽救的临终的苦楚，你倒以为对得起他们吗？"钱玄同答："然而几个人既然起来，你不能说绝没有毁坏这铁屋的希望。"希望是缥缈的，不可谓必有，也不可谓必无。正是因为呐喊的人与被惊醒的人，仍希冀冲出万难破毁的铁屋，重新站在广阔的自由的土地上，所以毁灭铁屋的希望存在，昏睡的人们得以走出去，迎接因相信而存在的黎明。即使铁屋绝无窗户，他们的内心也有出口，让他们看见太阳。这便是艾青在《铁窗里》写下的"只能通过这唯一的窗，我才能举起仰视的眼波，在迎迓一切新的希冀"。

于是，当诗人半身陷于苦难的泥沼之中，他仍要反抗，仍要寻觅。他凝望东方的地平线，守望永恒的日出，他相信自己会在日光中看清光明的轮廓。诗人挣扎着走向太阳升起的地方，直到——他看见太阳向他走来，带着难掩的光芒，穿过荆棘，穿过旷野，走进中国被寒冷封锁的暗夜。这种对光明的渴望与信仰，是闻一多在《最后一次讲演》里掷地有声的话语："现在正是黎明之前那个最黑暗的时候。我们有力量打破这个黑暗，争到光明！"是顾城写下《一代人》："黑夜给了我黑色的眼睛／我却用它寻找光明"；是戴望舒用沾了血和灰的手掌抚过破碎的山河，乃相信"只有那辽远的一角依然完整，温暖，明朗，坚固而蓬勃生春"；是力扬坚定地写下"自由已在窗外向我们招手——我们为什么不歌唱！"；是穆旦在《赞美》中呐喊"我们无言的痛苦是太多了，然而一个民族已经站起来"；是海子的"万人都要将火熄灭我一人独将此火高高举起"。他们走在看不见尽头的路上，于黑暗中，于风雪里，点燃火把，"借此火得度一生的茫茫黑夜"。火光照亮他们的脸，希望苏醒在悲哀的土地上。黑暗，更衬出火光的明亮。漫漫寒夜，信仰却在一路坎坷中愈发坚定。

艾青，他爱被暴风雨所打击的土地，亦希冀来自林间的黎明。他为苦难呐喊，为信仰歌唱。

重拾生命中细微的美好

——读辛波斯卡诗有感

　　她的诗里有最细小的事物，最细微的美好。

　　从她所偏爱的电影、猫、橡树、针线和格林童话，到《一见钟情》里飘舞于肩与肩之间的叶子、并排放置的行李箱，她的诗里没有空洞的远方，只有藏在平凡生活中的明亮与温暖。

　　读她的《种种可能》："我偏爱昆虫的时间，胜于星辰的时间。我偏爱在木头上敲打……"我仿佛看到，在一个阳光正好的午后，猫蜷缩在诗人的脚边，她提笔写下自己偏爱的一切，嘴角不由上扬。想起张晓风的一篇散文《我喜欢》，她喜欢冬日的阳光在迷茫的晨雾中展开，喜欢泛黄的线装书，喜欢对着一盏昏灯听檐雨的奏鸣，喜欢松散而闲适的生活……"我喜欢能在我心里充满着这样多的喜欢！"这样的喜欢与偏爱，总能让平淡无奇的生活拥有一份诗意和美好，将一径长途点缀得花香弥漫。

　　她在《写履历表》里说："填填写写，仿佛从未和自己交谈过，永远和自己只有一臂之隔。悄悄略去你的狗，猫，鸟，灰尘满布的纪念品，朋友和梦。"点亮生命的，不是履历表里的会员资格和光荣记录，而是我们所偏爱的电影和猫，是生命里细微的美好带给我们的对生活丰盈而细腻的感受。当无以名之的美好被条条框框扭曲，因片面、死板的视角而荒谬，辛波斯卡的诗帮我们重拾对生活带有抒情意味的情趣，重拾那些被地址取代的风景，重拾那些被世俗的评价体系略去的诗意和梦。

我一直很喜欢《音乐之声》里的那首《My Favorite Things》："玫瑰上的雨滴和小猫的胡须，明亮的铜水壶和温暖的羊毛手套，牛皮包装纸用绳子绑着，这些都是我心爱的东西。"Maria从生活中收集阳光，热爱生活中平凡的事物和可爱的人们。在电闪雷鸣的夜晚，在暗淡无光的日子，她将收集的阳光取出，让生命再次充满美好与明亮。而辛波斯卡的《种种可能》亦是一只盛满阳光的罐子，存放着她所偏爱的一切，收藏着她生命中的美好和阳光。

在《种种可能》中，辛波斯卡写下一行行真诚而明确的自我告白。读她的诗，不仅分享着她生命里的阳光，还在一个个"我偏爱"中追忆自己所偏爱的一切，重拾生命中细微的美好。我们学着她写下一行行"我偏爱"，写下平凡的一切里藏着的深刻的幸福。

想起上次去开水房倒水时，一只鸟蹦蹦跳跳地走在我前面。我端着水杯，小心翼翼地跟着。看它涂抹着白黑两色的羽毛，像初冬的第一场雪落在黑色的大地上，纯净的白色下隐隐露出地面的乌黑。看它一步又一步，从容而欢喜地走在过道上，然后振翅，穿过窗台飞远。那一刻，心里涌起前所未有的触动。忽觉生活中琐碎的美好，像一首明亮而慵懒的小诗。只是自己的知觉生了硬痂，结成厚厚的茧壳，细微的喜悦或惆怅味同嚼蜡，只有"大事件""大场面"才能带来些许感官的刺激。而辛波斯卡的诗，以她对生活敏锐的感知浸润着我疲倦的心，让我重拾对万事万物的从容与有情，让我对每个细微的存在怀有敬畏，由此诱发真挚的思考与领悟。

"一个人只拥有此生此世是不够的，他还应该拥有诗意的世界。"辛波斯卡带给我的，便是这样一个诗意的世界。《一见钟情》里消失于童年灌木丛中的球、在旋转门面对面的那一刹、被触摸层层覆盖的门把，都书写着平凡中的诗意。她让我相信，生活里最普通的事物也有浪漫和美好。

人们说辛波斯卡是从废墟上开出的花，用乐观、对美和文字力量的信仰，鼓舞着波兰人。20世纪的波兰战事频发，战后不同的国家政策、社会思潮切切实实地影响着包括辛波斯卡在内的波兰人的生活。从1923年出生，到2012年去世，辛波斯卡的一生几乎跨越整个风起云涌的20世纪。她经历过战乱中焦虑不安的波兰、重获独立的波兰、纳粹占领下的波兰、战后在苏联统治下的波兰、苏联解体后的波兰……辛波斯卡的从容与欢喜并非来自不谙世事的天真，而是来自她对混沌的世界朴素而静默的思考，来自她洞察世事后澄明的心境和谦和的生命态度，来自她在厚重的时间中不断丰盈的灵魂。战争、爱情、森林、生命、未来……她诗作的内容涵盖人类内在的心灵空间，也涵盖渺小的地球悬浮其间的广袤宇宙。辛辣、幽默、冷静、讽刺、细腻、平淡……她的诗作从不拘泥于一种风格。显然，《一见钟情》《种种可能》《写履历表》不能代表辛波斯卡所有诗歌的思想与风格，但它们向我们传达了这样一条信息——诗人的心灵经过岁月风尘的磨砺，依然敏感而柔软。在洞察了人世的复杂与人性的幽暗后，辛波斯卡依然对人与世界有真挚的关怀和深沉的热爱。她用冷峻的目光和有情的心灵旁观时代，这让她的诗作兼具深度与温度。

《死亡诗社》里，基廷老师说："医学、法律、商业、工程，这些都是崇高的追求，足以支撑人的一生。但诗歌、美丽、浪漫爱情……这些才是我们生活的意义。"辛波斯卡将生活里最细微的美好放大，让我们相信诗意并非只在远方。她的诗里，有明媚的美好与浪漫，有单纯的喜悦与偏爱。她让我找到了真正有意义的、点亮生命的事物。

相 信 童 话

——观电影《E.T.》有感

　　妈妈曾给格蒂讲睡前故事："她说只要小孩儿相信童话，她会再好起来的。你相信童话吗？快说你相信。"那一刻，"相信童话"四个字闯入我的脑海。

　　"那些听不见音乐的人，以为那些跳舞的人疯了。"他们把自己困在务实的囹圄，踏着寻常的生活轨道前行。他们不相信童话，不相信生活有另一种可能，任凭想象力在现实的引力下坠落，在自以为是的清醒中嘲笑他人的天马行空。

　　电影《大鱼》中，威尔的父亲爱德华喜欢讲故事，他的一生充满传奇，有女巫的玻璃眼珠、巨人卡尔、祥和的丰都镇、狼人老板的马戏团和一条抓不到的大鱼。父亲用自己的想象力，给平凡甚至不易的生活抹上彩虹般绚丽的色彩。当他开始讲故事时，给人的感觉像一颗石头上忽然出现了云般树般的纹理，坚硬，在某种层次上也是柔软的。那些感性的想象，多像柔软的梦一般的纹理，在生活的漩涡中给了父亲一种石头本没有的韧性，让他像电影中的大鱼一样，从容地游过生活的罅隙，永远不会被勾住，永远不会搁浅在欲望和秩序的边滩，永远向前，游向远方。

在爱德华的葬礼上，威尔见到了童话里人物的原型。他最终相信了父亲的童话，也开始相信生活的另一种可能。

我曾看过一篇社评《圣诞老人存在吗》，里面的一段话深深触动了我："你也许可以把一个小孩的拨浪鼓撕开，看看里面发声音的东西是什么，但在未识的世界之前有一道帘子，是最强壮的人，甚至是所有最强壮的人在一起，都无法撕开的。只有信心、想象力、诗歌、爱、浪漫可以将那道帘子拨开，让你看到后面无可比拟的美好和辉煌。"

相信童话，相信真诚、善意、爱和浪漫。

我想起《奇幻精灵事件簿》的结尾。落叶满地的清晨，父亲拄着拐杖，女儿靠着父亲，阳光照在他们微微仰起的脸上。大家目送他们离去，看他们在空气精灵的簇拥下，走向远方，走进精灵的世界。

一样的美好，一样的诗意。

王小波说："我呀，坚信每一个人看到的世界都不该是眼前的世界。眼前的世界无非是些吃喝拉撒睡，难道这就够了吗？""一个人只拥有此生此世是不够的，他还应该拥有诗意的世界。"《小王子》说："使沙漠如此美丽的，是它在某处藏着一眼泉水。"每个跋涉沙海的旅人，都需要有心中的一方绿洲和一眼洒满月辉的清泉，在疲倦甚至绝望时躲进去歇歇脚、解解渴。童话、诗意与希望是我们心灵的避难所，是我们一路找寻的绿洲。它们不因存在才相信，而因相信才存在。

童话对人世中纯净与美好的事物进行分离和提纯，难免有理想化的色彩。真实的世界有童话之外的残忍和幽暗。但童话的意义不在于解释世界，或洞察生活的真相，而在它超越世俗的相信的力量。在电影《城市之光》中，当富翁落水想要自杀时，流浪汉劝他："未来依然是美好的。"一如《摩登时代》中，失去工作的女孩心灰意冷地说："努力又有何用？"查理便安慰她："振作起来，不要轻言放弃，一切会好的。"《摩登时代》最后一章的标题是"黎明"——黑夜与白昼的交汇处。未来是否真有美好在等待？或许白昼不是因为存在才相信，而是因为相信才存在。希望支撑人们度过荒诞的"摩登时代"，对美好生活的追求如"城市之光"照亮昏暗的生活。在生活的重压下，这群渺小而坚韧的平凡人心中仍有一种真挚朴素的信念——相信未来会更好，并在这种信念的支撑下扎实地生活着。我想，童话给予我们的便是这样的信念。当一只羚羊向无边无际的沙漠望去时，如果它看见的只是起伏的沙丘、难以计数的沙粒，它可能会因恐惧而瑟缩，止步不前，也可能因绝望而消颓，半途而废。童话让羚羊看见深藏沙漠中的一湾泉水、一方绿洲，看见那可能存在的生命的踪迹。这湾泉水是否真正存在并不重要，重要的是，羚羊因此得以在漫天狂沙中，不失对美好的向往与希冀。它因此拥有足够的勇气和韧性，为了那可能的奇迹奋勇前行，直至穿越茫茫沙海。

我们需要童话，那是我们战胜沙漠的力量之源。相信童话，虽然彩虹转瞬即逝，心中那抹梦幻的色彩却永不消逝。

高处何所有，英雄何所遇

——读《人类群星闪耀时》有感

　　《人类群星闪耀时》里让我印象最深的历史特写是《南极探险的斗争》。"这里看不到任何东西，和前几天令人毛骨悚然的单调没有任何区别。"这是斯科特关于南极点的全部描写。没有鲜花和掌声，没有壮丽的风景，目之所及只有一片白色的单调。我不禁想起张晓风的《高处何所有》，当年轻人登上山顶，他只看到高风悲旋，蓝天四垂。繁花夹道属于山麓，秃鹰盘旋属于山腰。向上的路注定充满艰难，英雄遇到的只是被山路磨破的双脚，被荆棘划烂的双手。正如张晓风所说："真英雄何所遇？他遇到的是全身的伤痕，是孤单的长途以及愈来愈真切的渺小感。"我想，当斯科特到达南极点时，他心中一定充满了梦想破灭的失望，以及与自然搏斗时产生的渺小感。他遇到的是全身的伤痕，高处的荒凉，梦想的破灭和生命的终结，但他留给我们的是宝贵的蛇羊齿化石，无私的爱，长久的思考和对世界的认识。高处是荒凉，英雄遇到的是伤痕。这使斯科特的人生成为伟大的悲剧。

后　　记

感谢素未谋面的出版社老师，感谢你们对我的相信与耐心。

感谢鼓励我通过写作阅读自己、聆听世界的邬双老师和高良连老师。从杜甫、顾城、阿多尼斯、金子美玲、辛波斯卡，到《楚门的世界》《死亡诗社》《玛丽与马克思》，再到鲁迅、余华、王小波、汪曾祺……我无比珍视和大家共同欣赏的每一首诗、每一本书和每一部电影，每一堂有趣而用心的语文课，每一周的随笔和每一句真诚的评语。

感谢我温暖而独一无二的母校。厦门大学附属实验中学"校园写作，润泽生命"的办学特色，"做幸福的平凡人""让教育更加尊重生命"的教育主张，辩论赛、周末电影、阅读沙龙、广场钢琴音乐会等带来的润泽心灵的无用之大用，让我生命中的这六年饱满而绚烂。

感谢我的父亲母亲对我无条件的信任与支持，他们带给我无尽的感动与力量。

感谢同行的伙伴。感谢你们的每一次倾听与包容，感谢我们交会时互放的光亮。我不会忘记无风的静夜中的每一通电话，周五傍晚的每一顿砂锅以及每一个我们一起用脚步丈量的地方。

感谢出现在我生命中的每个温暖可爱的人儿，感谢你们用温柔与善意照亮我。

感谢在写作路上蹒跚学步的我——感谢她在一次又一次把撕下的稿纸投进废纸篓后，在消颓与迷茫后，拾起桌旁的笔，心平气和地去写，去感受，去获得沉浸其中的幸福感，去相信自己的文字存在的意义。